悪役令嬢と悪役令息が、
出逢って恋に落ちたなら
3
〜名無しの精霊と契約して追い出された令嬢は、今日も令息と競い合っているようです〜
榛名井
illust. さらちよみ

キーラ・アニク
ブリジットのクラスメイト
ニバル・ウィア
ブリジットのクラスの級長
ユーリ・オーレアリス
天才と敬遠される悪役令息
ブルー
ユーリが契約する
氷の最上級精霊

ロゼ・メイデル
ブリジットの義弟
ブリジット・メイデル
高飛車で傲慢な悪役令嬢
デアーグ・メイデル
ブリジットの父
アーシャ・メイデル
ブリジットの母

「どうかしら？ 変じゃない？」
「と、とても素敵だと思います」

「ブリジット。お前にはもう一度、婚約してもらう」
「婚約なんてしません。この家にも戻らない」

「！」
「本当に、嬉しい。
……ありがとう」

「死ぬまで大切にする」

CONTENTS

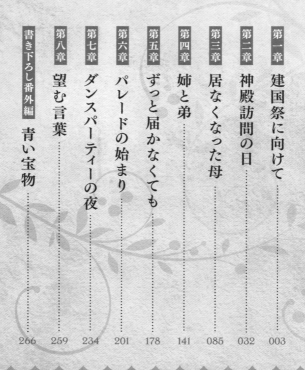

榛名丼
Harunadon
illust. さらちよみ

悪役令嬢と悪役令息が、出逢って恋に落ちたなら 3

～名無しの精霊と契約して追い出された令嬢は、今日も令息と競い合っているようです～

第一章　建国祭に向けて

オトレイアナ魔法学院。

貴族の子息令嬢のみが通学を許され、数々の魔術師を輩出してきたことで知られる、歴史ある名門校である。しかし一日の授業を終えた放課後は他の学舎と変わりなく、時間を持て余した生徒たちによって花めいていた。

――話し声や笑い声で賑《にぎ》わう食堂。

とある四人がけのテーブル席もまた、かしましい声で満たされていた。

格調高い赤のネクタイを胸元《むなもと》に着けた彼女たちは、全員が最上級生の二年生だ。

「あーん、可愛《かわい》いっ！」

『ぴっ。ぴっ』

「ぴーちゃん。こっちおいで！」

『ぴーっ』

女子二人の歓声を一身に浴びているのは、一羽のひよこ。

黒くつぶらな瞳《ひとみ》。黄色い羽毛には胸元から赤いグラデーションが掛かり、鮮やかな色をしている。

満更でもなさそうにテーブルの上をてちてちと歩く小動物の姿は、少し色合いが珍しいだけで、どこからどう見てもただのひよこだ。

だが、実はその正体は――フェニックスと呼ばれる、伝説級の精霊らしい。

らしい、というのは、まだ神殿で正式な認定を受けていないためだが、光の柱を出現させ、炎鳥となって飛翔《ひしょう》した姿は学院中で目撃されているため、もはや疑いようもないことだった。

今まで一度も人間界では確認されておらず、一冊の書物でのみ実在が語られた存在ともなれば、学者や記者が殺到してもおかしくはない。

オトレイアナ魔法学院においては、契約精霊の種族によって差別をすることは禁じられている。精霊は等しく慈しむべき奇跡の結晶であり、人間と精霊は助け合うべきである……それが精霊信仰を掲げるレヴァン教の教えのためだ。

そのため教員からは、伝説の精霊やその契約者について、むやみに騒ぎ立てることを禁じると生徒たちに通達があった。決まりを破れば、停学や退学など厳しい処分が待っている。名門校の卒業生、という輝かしい肩書きを求めている多くの生徒にとっては、最も効果的な脅しであった。

それでも好奇心が完璧《かんぺき》に抑えられるわけではなく、周りのテーブルからは、ちらほらと愛らしい精霊の様子を覗《のぞ》き見る学生たちも居るのだった。

「今日も元気だね、ぴーちゃん」

歩き回るぴーちゃんを微笑《ほほえ》みながら見つめているのは、黒髪の美少女キーラだ。

その声を聞いたとたん、それまで女の子たちと戯れきゃっきゃしていたぴーちゃんの動きが停止した。

「どうしたの？　適度な運動はより上質なお肉を作るから、もっと歩いていいんだよ」

『ぴ……！』

がたがたがた、と激しく震えたぴーちゃんが、頼りの契約者の胸元へと飛び込む。

『ぴっぴ！』

しかしブレザーの中に羽毛が潜りきっても、その人が反応を示すことはなく――、

「ブリジット様は、なんだか元気がないですね」

隣席のキーラにおずおずと話しかけられ、ブリジットは我に返った。

燃えるような赤い長髪に、翠玉《エメラルド》の瞳。

すっと通った鼻梁《びりょう》と、艶《つや》めいた唇。化粧はやや濃いものの見目麗しい少女である。

「あっ。ご、ごめんなさい。ちょっと考え事をしていまして……」

オホホと笑い、誤魔化《ごまか》すようにティーカップを傾けるブリジット。そんな彼女に、対面の席に座る女子たちは憧《あこが》れの眼差《まなざ》しを向ける。

〝赤い妖精《ようせい》〟という悪《あ》しきあだ名をつけられ、周囲から距離を置かれていたブリジットだったが、中級精霊エアリアルの暴走を止めたことや、試験での活躍などを通して、徐々にクラスメイトとの仲は良好になっている。

本日も誘いの言葉を受け、四人で放課後のお茶会をしていたのだった。ひとりも友人が居なかった以前のブリジットでは、あり得ないような出来事だ。

（本当はニバル級長も来たがってたけど……）

男は立ち入り不可と蹴《け》散らされ、ニバルは渋々退散していった。「仕方ないからユーリでも構ってきます」と教室を出て行ったニバルだが、今頃《いまごろ》は共に読書でもしているのだろうか。

（うーん、まったく想像できないわ）

うざがるユーリと噛《か》みつくニバルの組み合わせでは、穏やかに本を読む一時にはなりそうもない。

「それにしても、すごいです。神殿訪問の代表者としてブリジット様が選ばれるなんて！」

「本当に。私たちのクラスの誇りだわ」

ブリジットがぼんやりしている間にも、クラスメイトは別の話題で盛り上がっている。

「大袈裟《おおげさ》よ、二人とも」

ブリジットは苦笑した。この話も、何度したことか分からない。

先月末に実施される予定だった神殿訪問の日は、来週末まで延びている。だが、それも当然のことだった。

（中央神殿の神官長が逮捕されて、ジョセフ殿下も……）

二人は密かに結託し、数多くの違反行為を行っていた。神殿から持ち出しができない魔力水晶や、危険な魔道具である【魔切《まき》りの枝《えだ》】を勝手に使ったのもその一部だ。

薬草学の教師であるイナドを使って、目についた生徒を退学に追い込むような真似までしていたらしい。ブリジットはすべてを教えてもらうことはできなかったが、想像以上にジョセフが残忍な行為に手を染めていたのだと知った。

（半年前の筆記試験で……イナド先生が私の解答を無得点扱いにしたのも、ジョセフ殿下の圧力が

あったからだった）

ブリジット自身、ジョセフによって物置に閉じ込められ、あわや殺されかけた身である。何度か取り調べに協力していたので、この一月《ひとつき》はかなり慌ただしかった。

契約精霊を失い、王位継承権まで剝奪されたジョセフは、第二妃である実母にも見捨てられた。だが二人の兄が国王に訴えかけたことで、今は厳重な監視をつけられ、王宮の一室に閉じこもって過ごしているそうだ。

ブリジットに会いたい、というようなことを、ジョセフは何度も口にしているらしい。

しかしブリジットとしては、もう彼に関わる気はなかった。金輪際、会いたいとも思わない。

今はただ、目の前の神殿訪問に集中するのみだ。

（むしろ日程の延期で済んだのが、不思議なくらいよね）

神殿側としても、権威を失うような事態を避けたのだろう。神官長が捕まるなど、前代未聞の不祥事である。

神殿訪問には、ブリジットの他にユーリも代表として選出されている。中央神殿には五歳の頃に行ったきりなので、ブリジット自身もその日を心待ちにしていた。

何よりも楽しみなのは、精霊博士トナリと再び会えることだ。

先日はあまり話す時間もなかったが、晩餐会《ばんさんかい》には彼も参加するはずなので、そこで会話の機会もあるだろう。精霊博士を目指す身として、訊《き》いてみたいことはいくらでもある。

だが、そうやって別のことに意識を向けようとしても……気がつけばブリジットの思考は、闇《やみ》の中に落ちていくように他のことを考えている。

『お前を許してやる。本邸に戻ってこい、ブリジット』

実の父親であるデアーグにそう告げられたのは、つい一月前のこと。

ブリジットを視界に入れることすら厭《いと》い、本邸から追い出した張本人が別邸にやって来て口にしたのは、そんな言葉だった。

どうして、と力なく吐き出したブリジットを冷たく見下ろして、デアーグは言った。その双眸《そうぼう》には、十一年ぶりに会う実の娘に対する感情が何一つとして浮かんでいなかった。

『どうしても何も、決まっているだろう。お前の契約精霊はフェニックスらしいからな』

その情報を、デアーグが摑《つか》んでいたことには驚かなかった。現在は一年生である義弟が報告したか、あるいは炎の一族の当主であるデアーグならば、学院内部の情報を入手する手段はいくらでもあるだろう。

黙り込むブリジットに、デアーグは一方的に告げた。

『建国祭の翌日には答えを出せ』

最後につまらなそうな顔でブリジットを一瞥《いちべつ》すると、踵《きびす》を返した。

侍従を連れて遠ざかっていく後ろ姿を、ブリジットは何も言えず見送った。侍女のシエンナに不安げに見守られたまま、しばらく動けずにいたのだった。

あの日以降、どんなに思考から切り離そうとしても、デアーグの言葉が頭に浮かんでしまう。

与えられた選択肢は二つだけだ。

本邸に戻るか。

あるいは――当主の意に沿わない人間として、別邸から出ていくか。

二つ目の選択についてわざわざ口にしなかったのは、デアーグがそれを選択肢として考えていないからだろう。当主から与えられたせっかくの温情を無下にするなんて、ブリジットの立場では許されないことだから。

（お父様が私を本邸に戻そうとするなんて、思いもしなかった）

喜びはなく、悲しみもなかった。より正確には、デアーグの言葉に自分が何を感じているのかさえ、よく分からなかった。

学院を卒業したら、別邸からは追い出されるだろうと察していた。デアーグは微精霊と契約したブリジットを汚点としか認識していないのだ。

だから精霊博士を目指し、卒業と同時に家を出るつもりだった。メイデル家に頼らず、ひとりで生きていく覚悟をしていた。

それなのに。

（私の契約精霊が、微精霊じゃなくてフェニックスだったから）

だから取り替え子《チェンジリング》だと罵った娘であっても、致し方なく連れ戻すことにした。フェニックスの契約者なら、伯爵家にとって価値があるからだ。

(なんて、ばからしい……)

そう思うはずなのに、撥《は》ねつけられなかった。

炎を克服しても、父への恐怖は未《いま》だに拭えないのか。

それとも。

今も自分の中には、父と母に愛されたいと願う気持ちが残っているのだろうか——?

「あの……やっぱりブリジット様は、オーレアリス様とそういう関係なんですか?」

ふとそんな声が聞こえて、ブリジットは慌てて顔を上げる。

正面席に座ったクラスメイトが、興味津々の顔で身を乗り出している。というより三人全員から、何かを期待するような表情で見つめられていた。

問いの意味が分からず、ブリジットは首を傾《かし》げた。

「ええっと、そういう関係って?」

すると、彼女はぽっと頰《ほお》を赤らめて言い直した。

「つまり、ですね。——ブリジット様とオーレアリス様は、恋仲なんでしょうかっ?」

(…………はぁああっ⁉)

と大声で叫ばなかったのは、ブリジットの淑女としての矜持《きょうじ》だといえるだろう。

お茶会後、ブリジットはげっそりとした顔つきで廊下を歩いていた。

隣を歩くキーラは心配そうだ。

「ブリジット様、大丈夫ですか？」

「え、ええ。平気よキーラさん……」

明らかな強がりである。

キーラはますます不安そうにしているが、彼女を気遣う余裕も今のブリジットにはなかった。

（まさか私とユーリ様が、こ、こいっ……恋人同士に見られていただなんて）

心の中でその単語を呟《つぶや》くだけでも緊張する。

とにかく言葉を尽くして必死に否定したが、野次馬根性丸出しのクラスメイトたちはニヤニヤしているばかりだった。ただの照れ隠しだと思われたのかもしれない。

というのも、ジョセフによって物置に閉じ込められた一件の際に――ブリジットとユーリが手を繋《つな》いでいる姿は、大勢の生徒に見られていたらしい。それで二人は付き合っているのではないか、という噂《うわさ》がまことしやかに囁《ささや》かれているそうなのだ。

（噂のこと、ユーリ様は知っているのかしら……）

そういうことには疎い人だが、もう耳に入っているかもしれない。

そう思うとドキドキして、堪《たま》らない気持ちになる。

だって、ほんの一月前のこと。

いつもの四阿《あずまや》で会ったとき、ユーリは、どこにも行くなとブリジットに言ってくれた。震える彼が小さな子どものように見えたから、思わずブリジットはユーリのことを抱きしめたのだ。

それから、彼はほんの小さく唇を動かして、ほとんど聞き取れない音量で囁いた。

『僕は、お前が――――、』

「…………っっ」

　あのときのことを思い出すだけで、脳が沸騰しそうになる。

　挙動不審なブリジットを気遣ったキーラが、別の話題を振る。

「そうだ！　建国祭はどうされるんですか？」

「……え？」

「お茶会で話したプレゼントのことです」

　どうやらお茶会で、そのような話題が上っていたらしい。ユーリとの仲について否定するのに必死だったブリジットは、さっぱり覚えていなかったが。

「数年前の建国祭から、恋人や意中の人に、手作りの防寒具を贈るという風習ができたんですって。使う糸は、相手の方の髪色か瞳の色にするんだそうです」

　ぽかんとするブリジットに呆《あき》れるでもなく、キーラは改めて熱の入った説明をしてくれる。

「最近は貴族の間でも流行《はや》っているそうですよ」

「へぇ……」

　建国祭は約一月後。十一の月の中旬だから、確かに防寒具を贈るにはいい時季かもしれない。

　と、ブリジットは実用的な面から思ったのだが、キーラはもじもじしながら教えてくれた。

「冬の間も、わたしのプレゼントを身にまとって一緒に過ごしてください――という思いを込めて、編み物を贈るんですよ！　わたしもさっそく、赤か緑の糸を買ってこないと」

きゃっ、と頬を染めるキーラ。

そのあともブツブツと何かを呟いているが、ブリジットは途中からあまり聞いていなかった。

（すっごくロマンチックだわ……！）

建国祭は、国を挙げての大行事のひとつだ。

王都では祭りが開かれる。町にはたくさんの屋台が出て、演劇や演奏会なども開かれるのだ。

神殿の協力の下、精霊たちも参加する大規模なパレードが行われ、その最後には四大貴族の当主が最上級精霊を召喚し、最大級の魔法を放って空を彩《いろど》るのが毎年の恒例である。

無論、炎の一族メイデル伯爵家や、水の一族オーレアリス公爵家も参加する。

デアーグは現在、その準備にかかりきりだと思われる。だからその翌日を、ブリジットの返事の期限に据えたのだろう。

「それに建国祭の夜は、学院でダンスパーティーが開かれるじゃないですか」

「ええ、そうね」

「パーティーをこっそりと二人で抜け出して、プレゼントを渡す……なんて子も、多いみたいですよ」

そのせいか、以前はパーティーへの誘いは男子からというのが主流だったのだが、最近は女子から声をかけるのも珍しくないのだとか。

ブリジットは思わず、感心の溜め息を吐く。

（すごいわ。みんな積極的なのね）

昨年のブリジットはジョセフの婚約者として参加したが、今年は特定の相手が居ない。

そこまで考えたとき、当たり前のように脳裏に浮かぶ顔があった。

青髪に黄色い瞳をした、凛々《りり》しい美貌の人の姿が。

(ユーリ様を、誘ってみようかしら)

と、自然に思いついたところで我に返る。

だって、異性をダンスパーティーに誘うなんて――あなたに好意があります、と告げているも同然ではないだろうか。

(そっ……そんなの無理!)

想像しただけで顔が熱くなる。

高鳴る胸の鼓動をなんとか搔《か》き消そうと、ブリジットは傍《かたわ》らのキーラに話しかけた。

「キ、キーラさんはダンスパーティーのお相手は決まっているの?」

「わたしは、ニバル級長を誘ってみようかなと思います」

思いがけない返事に、ブリジットは「ええ!」と仰《の》け反ってしまった。

知らない間に、二人は恋仲になっていたのか。しかし動揺するブリジットに対し、キーラはあっけらかんとしている。

「知らない人と行くよりは、知っている人のほうがマシかなって」

ニバルが聞いたら落ち込みそうな理由である。

どこか達観した目で言うキーラは、きっと結構な数の男性から声をかけられているのだろう。

（キーラさん、可愛いものね）

以前のキーラは長い前髪で顔を隠すようにして、いつも俯《うつむ》きがちにしていた。

話しかけると、びくびくしながらか細い声で返事をしていた。しかし前髪を切ったキーラは整った顔もよく見えるようになり、ずっと溌剌《はつらつ》としている。男子にもてるのも当たり前に思える。

「ブリジット様は？」

そして当然のように聞き返されてしまった。

会話の流れとしてはごくごく自然なのだが、ブリジットはうっと言葉に詰まる。

「わ、わたくしは……別にその。仲のいい殿方とかはあんまり、だから……」

「そんなに深く考えなくてもいいと思います。ダンスパーティーはともかく、誰《だれ》だってプレゼントをもらえたら嬉《うれ》しいでしょうし」

笑顔のキーラに言われ、「そう……かしら」とブリジットは呟く。

（そう……そう、よね。ユーリ様には何かとお世話になっているもの！）

そう思うと、少しだけ気持ちが楽になってくる。

ユーリは何度もブリジットのことを助けてくれた。夏期休暇前には非常に高価な髪飾りを贈ってくれたこともある。

今のところブリジットはろくなお返しをできていないから——だから建国祭に向けて、ユーリへの感謝を込めたプレゼントを用意する。

それなら別に、何もおかしくはない。そんな気がする。

建国祭の夜にプレゼントを渡すだけならば、きっと変には思われない。

(そう、深い意味はないの。これはお礼よお礼！　ただのお礼！)

お礼、お礼、と心の中で誰かに向かって、必死に言い訳をする。

胸ポケットから顔だけを出したぴーちゃんが、呆れたように『ぴー……』と囀《さえず》っていた。

◇◇◇

別邸へと帰ってきたブリジットは、さっそく自室にシエンナを呼んでいた。

国民の間に広がっている風習については、シエンナも知っていたらしい。

日頃の感謝を示すために、とある友人宛てに編み物を作りたいと相談したところ、快く応じてくれた。

「お贈りするのは、どういうものがいいのかしら？　やっぱりセーターとか？　手袋とか？」

無意識に語尾を弾ませるブリジットを前に、シエンナは沈黙する。よくできる侍女の頭はほんの数秒の間に、素早く回転していた。

ブリジットは刺繍《ししゅう》などの細々とした作業が苦手だ。こう言ってはなんだが、やはり編み物も不得意だろうと思われる。それについては、向き不向きがあるので致し方ないことだ。

真面目《まじめ》で根気強いので、途中で投げ出したりはしないだろうが、万が一にも失敗などしてしまったら、この可愛らしい主人はひどく落ち込むことだろう――というところまで考えたシエンナは、的確なアドバイスをすることにした。

「ブリジットお嬢様は、編み物が初めてでいらっしゃいますから……マフラーでしたら、比較的作りやすいかと思います」

「マフラー……」

ブリジットは、自分の手製のマフラーを着けたユーリを想像してみる。

彼の容姿は冷たく鋭い印象だけれど、瞳と同じ黄色いもこもこのマフラーで首元を覆《おお》っていたら、ちょっぴり可愛いかもしれない。

（うん……いいかも！）

想像を膨らませると楽しみになってきた。

「分かったわ。わたくし、マフラーを編んでみる！　さっそく明日、買い物に行きましょう！」

やる気に燃えるブリジットに、シエンナが「承知いたしました」と頭を下げた。


その翌日。

ブリジットはシエンナを連れて、王都の大通りを歩いていた。

雲の切れ間からは陽光が降《ふ》り注《そそ》ぎ、赤や黄の色をした葉がはらはらと地面に落ちている。秋らしい、穏やかな気候の日だった。

シエンナが案内してくれたのは、王都でも有名だという毛糸店だ。

「混んでるわね」

「そうですね。貴族のご令嬢も多いようです」

入り口からかなり混み合っていて、ブリジットは尻込《しりご》みしたのだが、馴染《なじ》みだというシエンナは気にせず入店していく。

そんな彼女に腕を引かれ、ブリジットも店内に足を踏み入れた。

見回してみて、圧倒される。

「わぁ……素敵ね」

いくつも並ぶ幅広の棚は、色とりどりの毛糸で埋まっている。

少しずつ色合いや太さの異なる毛糸の束《たば》が並んでいる光景は、まるで地上に虹が架かっているかのようだ。

他の棚も覗いてみると、美しい光沢を流す絹の生地や、繊細な刺繍が施された手巾や手鏡など、魅力的な商品ばかりが揃《そろ》えられていた。

しかしやはりというべきか、最も混み合っているのが毛糸の棚だ。吟味する少女や貴婦人たちの顔つきは、どれも真剣である。

見本として店員が編んだものだろうか。店内にはセーターや帽子、マフラーや手袋なども展示してある。

その中に、三種類もの毛糸を使って編み込み、美しく立体的な網目模様のマフラーがあった。

興奮したブリジットはシエンナの身体を軽く揺さぶる。

「あれ！　あれよシエンナ、わたくしもあんな芸術的なマフラーが編んでみたいの！」

揺さぶられつつ、ブリジットの指してみせるマフラーを見やるシエンナ。

「お嬢様。差し出口を利くようですが、ああいったものは上級者向けです」

「そうなの？」

「はい。それにオーレアリス様のお好みを考えてみてください」

シエンナの言葉に、ブリジットはううむと思い返す。

そう言われてみると、ユーリの手持ちの品は、上品で落ち着いた色合いのものが多かった気がする。

「そうね、ユーリ様はシンプルなもののほうがお好きなのかも……」

――はた、と遅れてブリジットは気がついた。

「……わたくし、ユーリ様に贈るなんて一言も言ってないわよね？」

「違うんですか？」

（違わないけど！）

違わないが、素直に認めるのはどうにも恥ずかしい。何を言っても墓穴を掘るような気がしたブリジットは、赤い顔で口を噤《つぐ》む。

そこでちょうど、何人かの女性が他の棚に移ったので、すすすっと黄色い毛糸が置かれた棚の前に移動した。

（思ってたよりたくさんあるわね……）

一口に黄色といっても、濃いもの薄いもの、それに緑がかったものや赤みのあるものなど、様々な種類がある。

何度も見惚《みと》れてきた黄水晶《シトリン》の瞳を頭に思い浮かべながら、ブリジットはいくつもの毛糸の束を手にしてみるが、どうにもしっくりこない。

（ユーリ様の目が、きれいすぎるのが悪いんだわ）

なんて、口にすればシエンナに生温かい目で見られるようなことを考えている最中、ふと、ブリジットの思考を過ぎる花があった。

（青空の下で咲く、たんぽぽ）

そう思ったのは、確か――ブリジットが炎の克服をしようと、ブルーやカーシンと特訓していたときのことだ。

無理をして倒れたブリジットを、駆けつけたユーリが受け止めてくれた。あのとき、青空を背景にしたユーリの瞳は、まるでそこに咲く花のように見えたのだ。

あの日の出来事を思い出しながら、ブリジットは目線の高さに置いてあった毛糸を手に取ってみる。

太めの糸は、とても肌触りがいい。

「これ……これにするわ」

「明るくて優しい色ですね」

シエンナの言葉に嬉しくなる。

そのあとは二本の編み棒に、とじ針と小さな鋏《はさみ》を買った。自分でも単純だとは思うが、道具が増えるたびに気持ちが高まっていくようだ。

「お嬢様、私が持ちます」

「いいのよ。自分で持ちたいから」

シエンナの申し出を断り、会計を済ませて店を出る。

紙袋を抱えるブリジットはすっかり満悦だったが、同じようにシエンナの両腕も塞《ふさ》がっている。

「シエンナも毛糸を買ったの？」

「はい」

シエンナがこくりと頷《うなず》く。

その紙袋の中には、どんな色の毛糸が入っているのだろうか。

（訊いてみたい気もするけど……）

しかし完成した頃に教えてもらうのも、また楽しいかもしれない。そう思ったブリジットは、シエンナへの問いかけは先送りにすることにした。

家に帰ってからは、さっそく編み方の手順を教えてもらう。

慎重派のシエンナは、なるべく簡単なものをと勧めてくれる。素人のブリジットは完成のイメージを伝えつつ、基本的にはアドバイスに大人しく従うことにした。

「表編みはこう。裏編みはこうやって、糸を引き抜きます」

「……もう一回やってくれる？」

「はい。それでは、まず編み棒をですね……」

なかなか覚えられないブリジットに、シエンナは何度も丁寧に編み方を教えてくれた。

そのおかげで要領が摑めてきたブリジットは、せっせとマフラーを編み始めてみる。

難しい編み方への挑戦は見送ることになったので、基本的には同じ動作を繰り返していくだけだ。

だが、気を抜くとなぜか変な方向に糸が絡《から》まってしまうので、集中して編み棒を動かしていく。

(今日から毎日、頑張って……登校日も、帰ってきたら編み物の時間を取らないと)

まだまだ先は長そうだ。

勉強も疎《おろそ》かにはできないので、休憩時間に少しずつ進めるのがいいだろう。

(……ユーリ様、喜んでくれるかしら?)

まだ編み始めたばかりだというのに、今から完成のときが待ち遠しくて仕方なかった。

◇◇◇

「――ブリジット嬢。建国祭のダンスパーティー、俺《おれ》とパートナーになってもらえますか!」

人気のない裏庭の片隅にて。

勢いよく手を差し出す級長ニバルの姿に既視感を覚えつつ、ブリジットは頭を下げた。

「ごめんなさい」

精神的ダメージを受けたのか、ニバルが「うぐっ」と呻《うめ》く。

昼休憩の時間である。ニバルに呼ばれたブリジットは、一緒に食事していたキーラと別れ、彼と裏庭までやって来ていた。

またエアリアルに会わせてもらえるのかも、と涼しげな風の精霊の姿を思い浮かべてウキウキしていたブリジットだが、まさかニバルからダンスパーティーの誘いを受けるとは思ってもみなかった。

（キーラさんは、ニバル級長を誘ってみると言っていたけど）

既にニバルには声をかけているのか、まだだったのか。

無論、彼からの誘いを断ったのはそれが理由というわけではない。

「やっぱりブリジット嬢は、アイツと行くんですか？」

「…………」

ニバルが言う「アイツ」とは、十中八九ユーリのことだろう。

本当は、ユーリとダンスパーティーに行ってみたい――とブリジットだって思っているが、彼からは声をかけられていない。自分から誘うというのも、ブリジットにはハードルが高すぎる。

黙り込むブリジットを見て、ニバルが頭をかく。

「ブリジット嬢、本当にアイツでいいんですか？」

「……えっ？」

「ちょっと俺、いろいろ心配っつか……いや、フラれた直後に言うのも恥ずかしいんですが」

溜《た》め息《いき》を吐いて、ニバルは顔を覆ってしまう。

だが、ニバルがブリジットのことを思ってくれているのは明らかだ。ニバルの好意は、なんというかいつもまっすぐである。

『ペットが飼い主を慕うあれですね』とシエンナは言葉を選ばず評していたが、ブリジットの目にも、時折ニバルの姿が大型犬のように見えている。口にしたら落ち込んでしまうかもしれないので、内緒にしているが。

しかしその猪突猛進《ちょとつもうしん》な性質ゆえか、ニバルは根本的に勘違いしている。

「級長……心配してくれてありがとう。でも、そもそもわたくし、ユーリ様とダンスパーティーに行くわけじゃなくて」

「――あの！　私とダンスパーティーに行ってほしいんです！」

同時にびくっと、ブリジットとニバルの肩が震えた。

素早く目を見交わした二人は、すぐ傍《そば》にあったベンチの後ろ側にそそくさと隠れる。

そこからちょっとだけ頭を出してみると……近くの木陰に見知らぬ女子と、その正面に立つユーリの後ろ姿が見えた。

「……ユーリ、あの子にダンスパーティーに誘われてるみたいっすね」

小さな声でニバルが囁く。

どきりとした。ベンチの裏側を掴んでいた手に、汗がにじむ。

（どうしよう……）

そうだった。

ユーリは冷たいし口が悪いが、とにかくもてる人なのだ。むしろ彼が敬遠されている理由の大半は、突き放された女子の逆恨みと男子の僻《ひが》みによるものである。

だからブリジットが手を拱《こまね》いている間に、彼を誘う女子が居るのも当たり前なのだ。

それに一年生だと思われるその女生徒は、ブリジットの目から見ても愛らしい。上級生であるユーリに、顔を赤くして懸命に誘いをかける姿もいじらしかった。

（ユーリ様、なんて答えるの……？）

不安で仕方なくて、ブリジットは唇を噛み締《し》める。

自覚していた。誘う勇気さえなかったのに、ひどく勝手なことを考えている。

――ユーリに、断ってほしいと思ってしまう自分が居る。

「断る」

「っ……！」

密《ひそ》かに願った通り、ユーリは素っ気なく答えてみせたのだが、安心するより先に胸を抉《えぐ》られるような恐怖に襲われたのは、自分自身がそう言われたように感じたからだ。

ショックを受けた様子でふらついた少女は、どこか恨みがましい口調で言う。

「オーレアリス様、誰に誘われてもそうやって断ってるんですよね」

「…………」

「だ、誰と行くんですか？　もしかしてあの――」

「そんなことがお前に関係あるのか？」

「……っ失礼します」

大粒の涙をこぼして、少女が背を向けた。

彼女なりの、追いかけてきて、のサインなのだろう。すごくゆったりとした速度で遠ざかっていくのだが、ユーリはそちらから呆気《あっけ》なく視線を外すと。

「誰か居るのか？」

揃って、ブリジットとニバルは固まった。

明らかにユーリはベンチのほうを見ている。

「ど、どど、どうします級長」

「どうすると言われましても……」

もたつく二人を追い詰めるように、ユーリが冷ややかに続ける。

「それ以上隠れているなら、頭上に氷の雨を降らせてやるが」

「わっ、わたくしです！」

緊張感に耐えられなくなったブリジットはすっくと立ち上がった。

さすがに知り合いが出てくるとは思っていなかったのか、ユーリが目を丸くしている。

「ブリジット？　そんなところで、ひとりで何をして……」

「ひ、ひとりじゃありませんのよ。実は――」

ブリジットは共犯の控えている隣を見た。

しかしそこはもぬけの殻になっている。

（ええ⁉）

慌てて見回せばベンチの上には、ふわりと風の残滓《ざんし》が渦巻いていた。

（エ、エアリアルと逃げたのね……！）

ニバルが命じたのか、エアリアルが一計を案じたのか、どうやら契約精霊に連れられてニバルはどこかに逃げ去ったらしい。

裏切り者、とブリジットは心の中で叫んだ。だがこのまま黙りこくっていても、ユーリは見逃してはくれないだろう。

「あっ、ち、違うんですのよ。これは」

えっとえっと、と焦《あせ》った挙げ句にブリジットは口にしていた。

「先ほどまでニバル級長と、ダンスパーティーの件でお話ししていて！　だから、別にユーリ様のお話に聞き耳を立てていたわけではありませんの！」

「――――、」

ユーリが絶句する。

ブリジットもまた、絶句していた。

（しょ、正直に話しちゃった！）

以前にもジョセフとユーリの会話をこっそり盗み聞きし、バレたことがある。二度目となれば、ユーリは許してくれないかもしれない。

青くなるブリジットの目の前まで、ユーリが近づいてくる。

ベンチ越しに二人は向き合った。この時点でブリジットは目を回して卒倒しそうだった。

おもむろにベンチの背に、ユーリが手をやる。

「ニバルと行くのか？」

だが、ユーリが口にしたのはそんな言葉だった。

（え？　そっち？）

「いえ。ダンスパーティーのお誘いは、お断りしましたので……」

「……それは、他の男と行くから？」

ブリジットは拍子抜けしつつ、首を横に振る。

「……そうか」

そのとき、ほんの少しだけ、ユーリの口端が安心したように緩んだのが見えた。

彼はすぐに表情を引き締めると、こほんと咳払《せきばら》いをする。

「お前は気の毒にも相手が居ないようだが、僕も同じでな」

（ちょっと）

言い方に棘《とげ》がありすぎて、ブリジットはむっとする。

でも、よくよく考えるとユーリの発言には引っ掛かるところがある。

（相手が居ない？）

先ほど彼は誘いを断っていた。しかもあの女子が言うには、ユーリは数多くの誘いをすべて無下にしているそうなのだ。

「だからブリジット。はぐれ者同士……僕と行かないか、ダンスパーティー」

そう不思議に思っていたから、ユーリがなんと言ったのか、しばらくブリジットには理解できなかった。

よっぽど気の抜けた顔をしていたのだろう。

数秒後、柳眉《りゅうび》を歪《ゆが》めたユーリが平坦《へいたん》な声で言う。

「いやなら――」

「い、いやだなんて言ってません！」

慌ててベンチに手を伸ばせば、弾みでユーリの手に触れてしまった。

「あ……、」

それだけでブリジットの頬に、ぶわりと熱が駆け上がる。しかもユーリが手を重ねてきたものだから、逃げ道もなくなった。

彼の手は、驚くほど熱い。

「なら、答えをくれ」

「………」

「ブリジット？」

促されたブリジットの答えは、本当は最初から決まっている。いろいろと最低な誘い文句ではあるけれど、それは待ち望んでいた誘いでもあったのだから。

「……そ、そこまで言うならご一緒しても、よろしくてよ。ユーリ様、おひとりで寂《さび》しいでしょうし……ね」

可愛らしく頷いたりはできず、いやみを交えて返事をするのだが、ユーリは答えなかった。

ただ、短く息を吐くと、ブリジットの左手をゆっくりと撫《な》でる。今や傷ひとつない肌を確かめるように触れられると、甘い痺《しび》れのようなものがブリジットの背中に走った。

「うん。ありがとう」

ユーリがひっそりと、耳元で囁いてくる。

耳朶《じだ》をくすぐるような低い声音に、ブリジットは身体の芯《しん》を貫かれた心地がした。

「っっ」

どうしてこんなときばかり、妙に素直なのか。

赤い顔を隠して、ブリジットは俯く。

今、ユーリはどんな表情をしているのだろう。

目を細めているだろうか。ほっとしたように頬を緩めているのだろうか。それとも、それとも。

（…………だめ…………）

これ以上、ユーリのことを考えてしまったら、自分はおかしくなってしまうかもしれない。

そう不安に思うのに、ユーリが誘ってくれたのが嬉しくて、それこそ天にも舞い上がりそうで。

「……僕は卑怯《ひきょう》だな」

離れていく直前。

小さな呟きが耳を掠《かす》めた気がしたけれど、ブリジットは聞き返さなかった。

彼と同じく、きっとブリジットも卑怯だったからだ。

第二章　神殿訪問の日

「ねぇ、おとうさま。私、イフリートが見たい！」

それは何度目のお願いだっただろう。

一つ覚えのように繰り返すブリジットに、父は呆《あき》れたこともあったはずだ。

以前、「忙しいから」と振り払われてしまったこともあった。それでも父の足に縋《すが》りついてお願いするのは、イフリートの姿をどうしてもこの目で見てみたかったからだ。

（イフリート、ウンディーネ、シルフィード、ノーム！）

強力な四つの魔法系統。それぞれ、その最上級に位置するとされる精霊たちの名である。

図鑑や物語の中で何度も見た精霊の一柱が、父親の契約精霊だと知ったのだから、精霊博士を目指すブリジットが飛びついたのは無理もない話だった。

「イフリートはとても危険な精霊なんだ、ブリジット」

その日の父は立ち止まって振り返ると、小さなブリジットの肩に手を置き、諭すように話しかけてくれた。

「建国祭の日なら、イフリートの放つ魔法が見られる。それを楽しみにしていなさい」

「……もっと近くで見たいんだもん」

ブリジットは頬《ほお》を膨らませる。

建国祭で開かれるパレードは、四大貴族の契約精霊たちが特大の魔法を空に放って締め括《くく》られるのが通例だ。もちろん毎年、父がイフリートを屋敷の庭に召喚して役目を果たしているのは、ブリジットも知っている。

（でも近くに居ると危ないからって、お母様は町のほうに行きたがるから……）

結局、ブリジットはいつも町中から、大空に広がる魔法の輝きを目にするだけなのだ。

人々の歓声の中で、父の精霊の活躍ぶりを見ると誇らしい気持ちになるが、どうせならもっと傍《そば》で見ていたいと思ってしまう。イフリートと並び立つ父の姿だって、きっと精霊に負けず劣らず素敵なのだろうから。

小さな娘が納得していないと気がついたのだろう、父が苦笑する。

「分かった。じゃあブリジットがもっと大きくなったら、近くで見せてあげよう」

「うん。約束ね、おとうさま」

「ああ。約束だ、ブリジット」

父と、指切りをする。

顔を見合わせて笑う。いつまでも楽しそうに笑っている。

――それでようやく、これは夢だと思い知った。

『ぴー』

不安げな、小鳥の鳴く声が聞こえた。

目を開けると、にじんだ視界の真ん中に黄色い何かがぼんやりと見えた。

ブリジットの契約精霊、フェニックスのぴーちゃんだ。契約者が目を覚ましたのに気がつくと、ぴーちゃんは小さな足を動かして近づいてくる。

羽毛を押しつけるように頬擦《ほおず》りされる。温かくて、柔らかい。ちょっぴり口に入った。

「おはよう、ぴーちゃん」

ブリジットはくすりと笑ったが、その弾みに片目から涙がこぼれ落ちた。

眠りながら泣いていたらしい。それでぴーちゃんは不安がって起こしてくれたのだろう。

「大丈夫よ、ぴーちゃん。心配してくれてありがとう」

嘴《くちばし》の下をくすぐってやると、ぴーちゃんがつぶらな目を細める。

しばらく契約精霊と戯れてから、ブリジットは身体を起こした。

昨夜はマフラーを編んでいた途中までしか記憶がない。どうやらそのまま眠ってしまったようだ。

ブリジットが寝たあとにシエンナが片づけてくれたのか、編みかけのマフラーはサイドテーブルの上にしっかりと移動してあった。

——父との約束が、果たされることはなかった。

これからも、叶《かな》う日は来ないけれど。

(目の前のことから、頑張らないと！)

学院は休みだが、今日は大事な用事がある。

そう、待ち望んだ神殿訪問の日である。

◇◇◇

いつも家を出立する時刻に、迎えの馬車が到着した。

貴族であれば家紋が入る位置に、神殿――レヴァン教の象徴である不死鳥の姿が刻まれている。

御者の物腰まで慇懃《いんぎん》なので、ブリジットは変に緊張してしまった。

（もしかして、私の契約精霊がフェニックスだから……？）

たぶん無関係ではないのだろう、と思う。

ぎくしゃくしながら馬車に乗り込もうとして、後ろにもう一台ついていることに気がついた。

ちょうど、薄いピンク色の髪をした少年が乗り込むところが見えた。

ブリジットは息を止めたが、次にそこから顔を出したのはマジョリーだった。引率の教員として同行することになったマジョリーは、一年生たちと一緒の馬車に乗っているらしい。

「おはよう、ブリジットさん。ロゼくんとサナさんは揃《そろ》ったから、次はユーリくんを拾いに行ってもらうわよ～」

「は、はい。分かりました」

なんとか頷《うなず》いて、ひとり馬車に乗り込む。

十数分ほどでオーレアリス家の屋敷の前に着き、従者のクリフォードに送り出されたユーリがブリジットの馬車へと乗ってきた。

「お、おはようございますユーリ様」

「……おはよう」

正面席に座った彼と短い挨拶《あいさつ》を交わすものの、ブリジットはまともにそちらを見られない。

――ユーリからダンスパーティーへの誘いを受けたのは、たった二日前のこと。

あの出来事を思い出して、何度ベッドの上で悶《もだ》えたことだろうか。

(こ、このままじゃ変に思われちゃう。深呼吸、深呼吸……!)

大きく息を吸って吐けば、次第に心音は穏やかになっていく。

そうして落ち着きを取り戻したブリジットを、ユーリが横目で見る。

「少し、顔色が悪いな」

「っ」

化粧で誤魔化《ごまか》せたつもりだったのに。

驚いたブリジットは、とっさにユーリのほうを見てしまった。

目が合うと、普段通り表情に乏しいユーリだったが、やや眉《まゆ》を寄せているのに気がつく。

(心配、してくれてる?)

たったそれだけのことが嬉《うれ》しくて、気がつけばブリジットは口を開いていた。

「……昔の夢を見たんです」

打ち明けると、ユーリが目つきを険しくする。

「いやな夢か?」

「いいえ。とても幸せな頃の夢でしたわ」

夢の内容を、軽く話してみる。その間、ユーリは黙って聞いてくれていた。

話し終わると、窓の外を見やりながら小さく呟《つぶや》く。

「今からでも遅くないか」

「ええと、何がです？」

「最上級精霊四体との契約」

言葉の意味を理解して、ブリジットは口を半開きにしてしまう。

（ま、まさか……自分ひとりで、最上級精霊四体捕まえられるってこと⁉）

「ユーリ様って、たまーに、ものすごく自信過剰なことおっしゃいますわよね⁉」

「過剰ではない。むしろ控えめだろう」

そんな真顔で言われても、とブリジットは呆れてしまう。

ふん、とユーリが鼻を鳴らす。

「子どもの頃のお前がそれで満足するなら、やってやれると思っただけだ」

「……っそ、」

しかしそう続けられれば、言葉は途中で詰まる。

不意打ちを食らったブリジットは、思いきり咳き込んでしまった。

そんな――優しい言葉を、何気なく言わないでほしい、と思う。ドキドキしすぎて、まともに話すこともできなくなってしまう。

（こんなんじゃ心臓、いくつあっても足りないじゃない……！）

悶々《もんもん》とするブリジットたちを乗せていた馬車が、ゆっくりと止まる。

どうやら神殿に到着したらしい。それが少しだけ、今は救いに感じられた。

――中央神殿。

レヴァン総本山と呼ばれることもある神殿は、王都の外壁に沿うようにして聳《そび》え立つ、石造りの建造物だ。

馬車から降りたブリジットは、その巨大な外観を見上げた。

「き、緊張しますわね」

「そうか？」

隣に立つユーリから、同意は返ってこなかった。というのも彼は、昨年も学院代表として神殿に招かれているのだ。

「ブリジットさん、ユーリ君～」

同じく馬車を降りてきたマジョリーに、声をかけられる。彼女の後ろを少し遅れてついてくる二人に、ブリジットは目をやった。

自然と学年ごと向かい合うような形になると、マジョリーが両手をおっとりと合わせる。

「今のうちに自己紹介。とりあえずお互いの名前くらいは知っておかないとね」

促されて、まずユーリが口を開く。

「……ユーリ・オーレアリス。二年だ」

愛想の欠片《かけら》もないぞんざいな口調で名乗る。ブリジットはそれに続いた。

「ブリジット・メイデル。同じく二年生ですわ」

「私はサナ・ロジン。一年です」

「ロゼ・メイデル、一年生です」

簡潔な自己紹介はすぐに終わってしまい、気まずげな沈黙が訪れる。にこにこしているのはマジョリーだけだ。

ブリジットはちらりと一年生たちを眺めた。

サナは、茶色のボブヘアーをした小柄な少女だ。眼鏡《めがね》の奥の瞳《ひとみ》は神経質そうに細められている。

しかしブリジットが気にしているのは、その隣に立つ少年だった。

(ロゼ・メイデル……)

初めて至近距離で見る彼は、口元に遠慮がちな笑みを浮かべてマジョリーのほうを見ている。ブリジットと視線が合わないよう、気をつけているようだった。

薄いピンク色の髪にはクセがあり、ウェーブがかっている。瞳は薄い灰色だ。遠縁だからか、ブリジットや父母にはあまり似ていない。

ブリジットが別邸に追いやられるとほぼ同時、メイデル家の養子に取られた彼は、父と同じくイフリートと契約しているという。そのことからロゼが神殿訪問の代表者に選ばれるのは、薄々予想していたことだ。

ロゼはブリジットにとって義弟に当たるが、本邸に住む彼とは文字通り、住む世界が違う。今の今まで、会話したこともなかった。

本当は少しくらい、話してみたいと思う。血の繫《つな》がりは薄くとも、彼はブリジットにとって弟なのだ。

（でもこの子のほうも、私とは話すな、とか言われてそうだし）

迂闊《うかつ》に接触すれば、迷惑がられるかもしれない。今のところ分からないが、ロゼのほうはブリジットに嫌悪感や悪意を抱いている可能性もあるだろう。

結局ブリジットは、ロゼに話しかけるのをやめることにした。

「それじゃ、神殿に行きましょうか～」

空気の悪さを意に介さないマジョリーがのんびりと仕切る。

神殿で執り行われた契約の儀に関しては、いい記憶はないものの、実際の儀式は神殿ではなく敷地内にある別館で行われた。別館自体が遠目に見えていても、ブリジットはそれ自体には恐怖を感じずに済んだ。

歩いていると、ユーリが小さな声で話しかけてきた。

「まだ緊張しているのか」

「それは、まぁ……」

「手でも繫ぐか」

「それは、まぁ……って、ちょ⁉」

生返事をしていたブリジットは慌てふためく。

左手の指先に、ユーリのそれがちょんと触れていた。

認識したとたん、頬が一気に熱くなる。

「ちょっ、ちょっとユーリ様！　一年生に見られます！」

「別に僕は、見られたところで困らない」

（あなたはそうかもしれませんけど！）

ブリジットは困る。ただでさえユーリとの間に噂《うわさ》が立っているそうだから、不用意な真似《まね》は避けるべきだ。

でも、ユーリがふざけているわけでないのも分かっていた。

（お父様の夢を見たと話したから、気にしてくれたのかしら……）

いつもユーリは、ブリジットのことを気遣ってくれる。

そんな二人のことを後ろから、ロゼがじっと見つめていたが、ブリジットがその視線に気がつくことはなかった。

開かれたままの正面扉から、一同は神殿内へと入る。

出迎えたのは、脇《わき》に整列した何十人もの神官たちである。

「お待ちしておりました、オトレイアナ魔法学院の皆様」

（わ……）

法衣を着た男性たちに一斉に笑顔を向けられ、ブリジットはたじろぐ。

そんな彼らの中から進み出たのが、最も装飾に凝った法衣をまとった人物だった。

「新たに中央神殿の神官長を務めることになりました、リアムと申します。以後お見知りおきを」

年の頃は四十歳くらいだろうか。穏やかな笑顔が印象的な男性だ。

お辞儀をする彼に、ブリジットたちも揃って頭を下げる。

前任の神官長は、密《ひそ》かに第三王子ジョセフと通じ、言いなりになっていた。

王宮にて厳しく取り調べを受けている彼の代わりに、目の前のリアムが神官長に就任したのだというう。聞けばもともと西方神殿の神官長を務めていた彼は、こんな事態のために中央神殿に急遽《きゅうきょ》異動となったらしい。

「その節はオトレイアナの皆様には、大変なご迷惑をおかけしました。特にブリジット様には、謝罪しても許されることではありませんが……」

その場の注目がブリジットに集まる。

ブリジットは、慌てて首と両手を横に振った。

「いいえ！　神殿からは謝罪のお手紙も頂戴しておりますから」

神殿に対し、ブリジットだって思うことはある。しかしリアムや、この場に並ぶ神官たちを責める気にはなれない。

「……そうですか。そうおっしゃっていただけると、我々としてもありがたいのですが」

眉宇を寄せたリアムが、「そうだ」と思いついたように提案する。

「晩餐会《ばんさんかい》までは時間があります。大司教が到着するまで、よろしければ神殿内をご案内しましょう。中央神殿には、多くの珍しい魔道具や聖遺物が保管されています。微力ながら、私に解説をさせていただけたらと思います」

彼の提案に、一年生二人が顔を見合わせて頷く。

目を向けられたブリジットは、躊躇《ためら》いつつも口にしてみた。

「わたくしは、その……できれば、神殿内を好きに見てみたいのですが……」

周りの神官たちは残念そうな顔をしたが、リアムは「もちろん」と朗らかに頷いてくれた。

「時間になったらお呼びします。それまでは自由に出歩いていただいて結構ですよ」

リアムに連れられて、一年生とマジョリーたちが回廊の向こうに消えていく。

ようやくひとりになれたブリジットだったが、その後ろに、腕組みをして突っ立ったままの人物が居た。

「あら？　ユーリ様？」

「僕も一緒に行く」

その提案に、ブリジットは目を丸くした。

「いいのですか？」

「お前ひとりじゃ迷子になりそうだから」

(言い方！)

ブリジットだって子どもじゃないのだが。

でも、知らない建物をひとりで歩き回るのには不安があった。ブリジットより多少は内部を把握しているだろうユーリが、一緒に居てくれるなら安心だ。

「精霊博士を捜すんだろう？」

「……まぁ。よくお分かりですわね」

どうやらユーリには、ブリジットの考えもお見通しだったらしい。

ブリジットが精霊博士に憧《あこが》れるようになったきっかけは、『風は笑う』の物語だった。著者は精霊博士リーン・バルアヌキ。彼は親友の契約精霊であったシルフィードと出会い、彼女が語った精霊界の風景を物語に仕立てたのだ。

リーンの親友は身体が弱く、あまり自由に外を出歩くことはできなかったらしい。

彼の見舞いのたびに、リーンは人間の世界の話を、シルフィードは精霊の世界の話を、お互いに語った。そんな日々を過ごすうちに、リーンとシルフィードは惹《ひ》かれ合っていった。

そして二人は、半分ずつに砕いた魔石を分け合って、きっといつか、共に二つの世界を旅して回ろうと約束する――。

（その約束が実現したのかは、分からないけど……）

およそ二十年前、リーンの親友は病で亡くなり、高齢であったリーン本人は姿を消した。彼の行方《ゆくえ》を知る者は誰《だれ》もおらず、契約者を失ったシルフィードによって精霊界に引きずり込まれた、という説が有力だ。

『ぴっ、ぴっ』

「あら、ぴーちゃん？」

それまでブリジットの髪の毛に隠れていたぴーちゃんが、勢いよく飛び出てくる。

人気《ひとけ》がなくなったので、出てくる気になったのだろうか。気まぐれな精霊はぱたぱたと羽を動かして床に下りると、てちてちと危なっかしい足取りで走り出した。

「ぴーちゃん、どこ行くの？」

『ぴぴっ』

返事はあったものの、行き先についてはさっぱり分からない。

「とりあえず、ついていってみるか」

「……そうですわね」

ユーリの言葉に、ブリジットは頷いた。

どちらにせよトナリの居場所は分からないのだ。手当たり次第でも、神殿内を歩き回ったほうが早いかもしれない。

元気に駆けるぴーちゃんのあとを追いながら、ブリジットとユーリはトナリの姿を捜した。

「まぁ、美しい……こちらの天井に描かれているのは、人と精霊の一生をモチーフにした壁画でしょうか？」

「そうらしいな。教科書通りに順風満帆で、やや嘘くさいが」

「こちらは精霊が描いた絵ですって！　なんて芸術的なのかしら！」

「僕には子どもの落書きにしか見えないが……」

「なおさら愛おしいではありませんか！」

目当ての人物は見当たらないものの、見慣れない神殿内を見て回るのは楽しく、ブリジットは途中から少し目的を忘れてしまっていたが。

ぴーちゃんが階段を下りて、外に出て行く。ついていったブリジットは、目の前に現れた光景を前に感嘆の息を吐いた。

「まぁ……」

そこに待っていたのは、陽光に照らされる小さな庭園だった。

石畳が敷かれた道を囲むようにして、木々が生い茂っている。そよそよと風が吹くたび、赤く色づいた枝葉が囁《ささや》くようにざわめいた。

木漏《こも》れ日《び》に目を細めつつ見やれば、石畳の路を区切るように小川が流れている。水音を聞きながら、ブリジットは顔を綻ばせた。

(いろいろなことがあって、ずっと落ち着かない気持ちだったけど)

ジョセフに強い憎悪を抱かれていたこと。父から本邸に戻るように言われたこと。

もやもやとした感情がすべて拭い去れるわけではないが、少しだけ気持ちが静まる。その理由は、たぶん、隣に居てくれる人のおかげでもあった。

「きれいですわね」

「……そうだな」

本当にそう思っているか定かではないが、ユーリが緩く相槌《あいづち》を打つ。

そのまましばらく、二人で並んで石畳を歩いていく。ぴーちゃんは気にせず、少し前を進んでいた。

『ぴ？』

ひよこ精霊が、ぴたっと足を止める。

なんだろうと思って近づいてみれば、庭園の奥には立派な噴水があった。

その噴水の縁に、危なっかしいことに誰かが横になっている。

古ぼけた帽子で顔を覆《おお》った人物に見覚えがあり、「あっ」とブリジットは声を上げた。そこに居たのは、まさしくブリジットの捜している人だったのだ。

「……でも、寝てますわね」

「寝てるな。しかも小妖精《しょうようせい》に集《たか》られてる」

ユーリの言葉の通り、眠る精霊博士トナリの身体の上には、可愛《かわい》らしい妖精たちの姿がある。

服の袖《そで》に入り込んだり、耳を引っ張ったり。好き勝手にやられつつ、トナリはむにゃむにゃと気持ち良さそうに寝言らしいことを言っている。

たぶん、トナリにとっては珍しいことではないから、これくらいの妨害では目を覚まさないのだ。

（さすが、精霊博士だわ。妖精たちに好かれている……）

その様子をまじまじと見つめ、ブリジットは感心してしまう。

メイデル伯爵邸は炎の気が強いらしく、力の弱い小妖精は避けることが多い。庭師のハンスが別邸の庭にトネリコの木を埋めてくれたから、妖精たちがひっそりと集まることもあるのだが、ここまで多くの妖精が姿を見せることはなかった。

と、羨《うらや》ましげな目をしたブリジットに気がついた小妖精たちは、蜘蛛《くも》の子を散らすように姿を消してしまった。

（あ……）

ちょっぴり名残惜しい気持ちで佇《たたず》んでいると、むくりとトナリが身を起こした。

「ふわぁあ……あー、よく寝たぁ」

欠伸《あくび》の弾みに、頭の上の帽子がずり落ちて彼の顔を覆った。

その位置を片手で直したトナリの目が、ようやくこちらに向く。

「あれ、ブリジット。久しぶりだな」

前に会ったときと同じく、野暮《やぼ》ったい無精髭《ぶしょうひげ》を撫《な》でつけながら彼は言う。

「トナリさん、ごきげんよう」

「ああそうか、今日が学生招いての晩餐会の日だったか？」

ようやく思い出した、という様子のトナリは屈《かが》み込むと、足元に居たぴーちゃんを手のひらに載せた。

「フェニックスも元気そうだな。僥倖《ぎょうこう》僥倖」

『ぴっ、ぴ』

答えるように鳴くぴーちゃんは、ちょっと嬉しそうだ。

しかし次の瞬間だった。

『ぴぎっ』

ぴーちゃんはびくっとお尻《しり》を揺らすと、ブリジットの元まで飛んできた。小さな羽毛の塊が、すっぽりと髪の毛の間に収まっていく。

「ぴーちゃん、どうしたの？」

その理由は一秒後に判明した。トナリの弛《たる》んだ服の中から、のっそりと這《は》い出てきた影があったのだ。

小柄な黒猫が、黄金の瞳を怪しく光らせる。外見だけならばただの猫と変わらないが、ブリジットはその生き物から放たれる魔力を確かに感じ取っていた。

（ケット・シーだわ！）

中級闇《やみ》精霊ケット・シー。

人の言葉を操《あやつ》るのが得意で、知らない間に人の生活に溶け込むこともある精霊だ。飼っていた猫が突然、言葉を喋《しゃべ》り出して窓から逃げていった、なんて出来事が昔はよくあったという。

どうやらこのケット・シーが、トナリの契約精霊らしい。

猫の姿をした精霊は、黒い尻尾《しっぽ》をゆらゆらと揺らしながらブリジットを見上げてきた。大きく開けた口の隙間から、鋭い牙《きば》が見え隠れしている。

『おねえさん。何か持ってるね』

「え？」

『小鳥の気配を感じるんだよね。隠しててもケット・シーには分かっちゃうんだよね』

ブリジットの赤髪の一部が、ぶるる！っと大きく波打つように震えた。

ケット・シーが目敏《めざと》く反応する。

『やっぱり、そこに何か――』

「あーはいはい。やめろケット・シー」

そこでトナリが、猫精霊の首を後ろからむんずと摑《つか》む。

「フェニックスを食べたなんて知られたら、お前もオレも追われる身になっちまう」

『フェニックス？　そこにフェニックスが居るのかい？』

「そうだ。さすがにやばいだろ？」

『何を言う。フェニックスを食べたケット・シーなんて、歴史に名を残しちゃうじゃないか』

ケット・シーはそれはそれは嬉しげな顔をしている。

ぼりぼりと頭をかいたトナリが、ユーリのことを見やった。

「面倒くさいこと言い出したな。水の家の坊ちゃん、フェンリル出してくれないか」

『フェンリル⁉』

打って変わって、ケット・シーが慌てふためく。

氷の狼《おおかみ》フェンリルとは、どうやら相性が悪いようだ。そのまま、空間に溶けるように姿がかき消《き》えた。

精霊界に戻っていったらしい。ほっとしたように、ポケットの中のぴーちゃんが嘴をすり合わせている。

ようやく落ち着いて話ができそうだ。ブリジットはおずおずと切り出した。

「あの、トナリさん。わたくし、精霊博士を目指しているのですが……」

本当は晩餐会の場で訊《き》くべきかもしれない。しかしマジョリーたちはともかく、晩餐会には義弟のロゼも参加するのだ。

(家を出て身を立てたい、なんて話を彼の前でするべきじゃないわよね……)

ブリジットがロゼの立場なら、何かのいやがらせかと思うだろう。

「へぇ、そうなのか。頑張れよ」

トナリからはそんな言葉が返ってくる。雑な返事ではあるが、否定的な意見ではなかった。それだけのことに勇気をもらって、ブリジットは本題を口にする。

「今日は、何か参考になるお話を聞かせていただければと思いまして」

「参考ねぇ……」

噴水の縁に座ったまま、トナリは胡座《あぐら》をかいている。

やがて、彼は首を横に振った。

「正直、オレぁそういうのは苦手だ。人にまともなアドバイスなんてできる人間じゃないからな」

ぼそっとユーリが「そう見えますね」などと呟いたものだから、ブリジットは焦《あせ》った。

トナリにはその呟きは聞こえなかったようで、彼は続ける。

「精霊博士を自称する輩《やから》はそれなりに居るが、正式に認められているのはオレを含めて国内で四人だけだ。王家の認可が必要なんで、一般人にはけっこうハードルが高い。これは分かってるな？」

「はい、もちろん」

「んで、王家の認可っつってても書類上のことで、別に王族と面談とか歓談とかするわけじゃない。

要は王宮勤めの役人に推薦してもらって、他の精霊博士からお墨付きをもらえればいい」

だが、とそこで一度、トナリは言葉を切った。

「お前さんの場合は、横やりが入るかもしれないな」

「どういうことでしょう？」

帽子の下から覗《のぞ》いた瞳が、ブリジットを見据える。

「ブリジット。お前さんを神殿側に引き込んだ神官は、間違いなく次の大司教サマになれるからだ」

唐突な発言に、ブリジットは眉を寄せる。

「それは……わたくしが、フェニックスの契約者だからでしょうか？」

「そうだ。お前さんの契約精霊であるフェニックスは、それだけレヴァン総本山で重視されている。それこそ神サマみたいな扱いを受けてる精霊だ。フェニックスの力があれば、神殿内の勢力図はたちまち変わるだろう」

「そんな……」

「今の大司教はまともだから、そういう心配はないかもしれないが……いや、そもそも神殿に留《とど》まる話じゃないな。フェニックスを使って、世界を支配しようとする輩が出てきてもおかしくない」

（せ、世界を支配？）

口をぽかんと開けてしまうブリジット。

レヴァン教とは、精霊を信仰する集団で、他国にも多くの信者が居るとされる。そんな彼らが絶対的な信仰対象として崇《あが》め、象徴としている精霊が、不死であるとされるフェニックスである。

数百年前から、その神々しい姿を垣間見《かいま》たという者が各地に現れ、伝聞と共にその名は世界中に伝わってきた。

『風は笑う』にて細やかに姿形が語られたことも、フェニックスは存在するという風説を広げるのに一役買ったのだが――。

（ぴーちゃんによって、フェニックスの実在が証明された……）

理屈は分かる。今日、神殿内でいろんな神官からにこやかに話しかけられた要因もそこにあるのだろう。

だが、話の規模が大きすぎて頭がついていかない。

それにもやもやとした気持ちが、また胸中に広がりつつあった。

（お父様も、神殿も、なんでこんなに身勝手なの）

今まで見向きもしなかったブリジットの契約精霊が判明したとたん、手のひらを返してきた。

表情を歪《ゆが》めるブリジットを、トナリがじっと見つめる。そのとき、それまで黙っていたユーリが口を開いた。

「それなら心配ない」

その言葉に驚き、ブリジットはすぐ隣を見つめる。

ユーリはこちらを見ないまま、断言してみせた。

「僕がブリジットを守るからだ」

（……へっ？）

ブリジットはきれいに固まった。

整った横顔には一切《いっさい》の迷いがない。平然と腕組みしているユーリに、何をどう突っ込めばいいかも分からなくなる。

ブリジットが硬直していると、トナリが呆れたように息を吐いた。

「守るったってよ、一生は無理だろ？　坊ちゃんも嬢ちゃんも貴族だ。いずれは結婚だってするだろう」

そこでトナリが、何か思いついたように「あ」と呟いた。

「それともあれか。そういうことか。お前さんたち二人がけっこ――」

「きゃあああああっ⁉」

何やらとんでもない発言が飛び出したような気がして、ブリジットは悲鳴を上げた。上げずにはいられなかった。

うるさそうに顔を顰《しか》めるユーリの、その腕を力任せに取る。

やはりそんな真似も、平常心であればできるはずないのだが、今はもうそれどころではなかった。

もちろん、ユーリの表情を確認する余裕もない。

「ユーリ様、ユーリ様ユーリ様！　そろそろ他の場所も巡ってみませんか⁉」

「なんだ急に」

「わたくし、まだまだいろんな場所を見て回りたいんですの！」

熱心に縋りついてそう訴える。

ユーリは黙ったままだが、このまま押し切るより他にない。

「それではトナリさん。すみませんがわたくしたちは」

断りを入れようとしたら、トナリはもう寝ていた。噴水の縁に寝転んで、ぐーすか言っている。

(なんて自由な人なのかしら……)

本音を言えば精霊博士の仕事についても聞いてみたかったのだが、この様子では難しそうだ。

「それじゃっ、行きましょうユーリ様」

ぐいぐいとユーリの腕を引っ張りながら、元来た道を戻って神殿内に入る。

「ユーリ様は、どこか気になるところはあります？」

「…………」

答えはなかった。不審に思ってブリジットが立ち止まると、一歩遅れてユーリも止まる。

その弾みに、ようやく気がついた。

毛足の短い絨毯《じゅうたん》に伸びた二人分の影が、ぴったりとくっついていることに。

「……あ、」

ようやく、ブリジットは自分が大それた行動を取っていたと自覚した。

二人の身体は、他の誰も入り込める余地がないほどに密着していた。というのもブリジットは彼の引き締まった腕にひっついて、両手を使ってしがみついていたのだ。

しかし、これではまるで——恋人にしなだれかかって甘える少女のようではないか。

「しっ、しし失礼しました！　オホホ、わたくしったらなぜかしら、ちょっと慌てておりまして！」

言い訳しながら、すぐさまブリジットは手を離した。

恥ずかしくて、居たたまれなくて、顔を上げられない。

（どうしよう、サイアクだわ。無理やりくっついたりして、ユーリ様にいやな思いを……）

自己嫌悪に陥りながら、後ろに下がって距離を取ろうとした直前。

ふいに伸びてきたユーリの手が、ブリジットの右手を絡《から》め取った。

「えっ」

驚いて肩を跳ね上げるブリジットに気がつきつつも、ユーリはやめなかった。

「握っていろと言ったのは、ブリジットだ」

「っ」

はっきりと口にされて、息が詰まる。

（確かに、言ったけど！）

ジョセフのことを殴ろうとするユーリに、『そんなことをするくらいなら、わたくしの手を握っていたらいい』みたいなことを叫んだのは記憶に新しい。

もしかしたら今後もずっと、ユーリはその話を持ち出すつもりなのだろうか。恥ずかしすぎて、ブリジットとしては堪《たま》ったものではないのだが。

「前にもお伝えしましたが、あれは勢い余っただけで……」

しかし必死の抗議にも聞く耳持たず、指と指の間に長い指が侵入してくる。

心臓が不規則に跳ねた。ユーリの触れ方は、今までのように手を握る、などと生易しいものではない。

「ユーリ様……っ」

「ブリジット」

ユーリの声音もブリジットと同じで、余裕を失って掠《かす》れている気がした。

そのまま、もう片方の腕が自然とブリジットの腰に回される。

ほとんど、ユーリに抱きしめられているような格好だ。この時点でほとんどブリジットはまともに呼吸ができていなかった。

（なんで、こんな。きゅ、急に……っ？）

何か言わなければと思うのに、指先に少し力を込められるだけで身動きができなくなる。

酸素不足気味の脳に、被《かぶ》さってきたユーリの声が伝わってきた。

「ちょっと静かに」

（えっ？）

ぱちぱちと瞬きした、一秒後だった。

「君も驚いたでしょ、ロゼ君」

すぐ脇にあるドアの中から、話し声が聞こえてきた。

声には覚えがある。つい一時間ほど前に聞いたものだったからだ。

冷たい少女の声には、嘲りが含まれている。

「嫌われ者の〝赤い妖精〟が、まさか二年生の代表に選ばれるなんてね」

どうやらドアの向こうでは、ロゼとサナが話しているらしい。

そこに居るらしいロゼの声は聞こえず、まくし立てるように話すサナの声ばかりがよく聞こえる。

「オーレアリス様は納得だよ。近づきがたいけど優秀な方だもの。でも〝赤い妖精〟は名無しと契約したって言われてたのに、本当はフェニックスの契約者でした、なんておかしいよね？　何か邪《よこしま》な手を使ったのかも」

（邪な手って）

それを聞いたブリジットは思わず苦笑いしてしまったのだが。

「……あの人は、そんな人じゃないよ」

サナによる陰口を遮《さえぎ》るように、反論の声が響いた。先ほど自己紹介の際に聞いたのと同じ声だ。

（ロゼが、私を庇ってくれた……？）

でも、と思う。自分たちは書類上は家族だが、会話したことは一度もない。

同じ家に住んだこともないのだ。だから、ロゼがそんな風にブリジットを庇い立てしてくれる理由が分からない。

もう少し会話をよく聞こうと、ブリジットはドアに顔を近づけようとする。

「……おい」

ユーリが声を上擦らせた。

そういえば彼に腰を抱かれ、密着したままだった……とブリジットが状況を思い出したときには、その足は大きく踏み出していた。

「待っ」

「えぁっ」

――そのまま、バッターン！と。

ユーリを巻き込んで、ブリジットはもつれ合うように床に勢いよく倒れ込んでいた。

「ご、ごめんなさっ……」

謝罪の声は、最後まで形にはならなかった。

なぜならブリジットは、ユーリを押し倒したような格好で一緒に倒れていたからだ。身体にほとんど痛みがないのは、下敷きになったユーリが守ってくれたからだろう。

それは分かる。本来ならお礼を言うべきだということも。

でも。でも――、

（ち、近すぎる……！）

青い髪を乱れさせたユーリは、しかめっ面で眉根《まゆね》を寄せている。

いたい、と彼の薄い唇が、無声音で動いている。その吐息が口の端を掠めて、ブリジットの背筋がぞくりとした。

唇同士が触れそうなほど近いことに、目を閉じたままのユーリは気がついていない。

「っ誰か居るんですか？」

室内から焦ったような声と物音がする。まずい、とブリジットは顔を真っ青《まさお》にした。

神聖なる神殿の回廊で、同級生の男子と折り重なって倒れている――なんて場面を見られたら、

どう言い訳すればいいのか。

転んだところを助けてもらいました、と素直に説明したところで、ロゼやサナが納得してくれるとは限らない。

「ブルー」

しかしパニック状態のブリジットと裏腹に、ユーリは冷静だった。短く、虚空に向かって呼びかけて契約精霊を呼び出す。

人間界に降り立った氷の狼は、颯爽《さっそう》とブリジットの後ろ襟《えり》を噛《か》んで持ち上げた。

（ぎゃっ）

文句を言う暇もなく、そのままブルーによってブリジットは回廊の角へと引きずり込まれた。

ほぼ同時に、ドアが開いた音がする。

「え？　オーレアリス様っ……？」

最初に聞こえたのは、驚いたようなサナの声だ。

ようやく身体を起こしたブリジットは、隣にお座りをしたブルーと目が合った。凍りついた湖面のような毛色をした美しい狼は、濡《ぬ》れた鼻をふんっと鳴らしている。

『まったく、相変わらず世話の焼けるやつだなぁ』

「ご、ごめんなさい……」

今日ばかりは、ブルーに何を言われても言い返せない。

あのままの体勢でドアが開いていたらと、想像するだに恐ろしくなる。ユーリの判断の早さには感服するしかない。

（って、そうだわ。ユーリ様は⁉）

ユーリも床に転倒したままになっているのでは。

呆れ顔のブルーに見守られつつ、ブリジットは首だけを出して確認する。角度的にロゼはサナとほとんど被っているが、ユーリとサナの様子はよく見えた。

「オーレアリス様、大丈夫ですか？　すごい物音がしたような……」

「ああ、近くから何か聞こえたな。それで僕も様子を見に来たんだが」

（すごいわユーリ様。まったく動じていないし、顔色も変えずに嘘《うそ》を吐いてる！）

しかもポーズは仁王立ちだ。

ブリジットが居なくなった直後に起き上がって、髪を整え、服の埃《ほこり》もさっさと払ったのだろう。

一糸乱れぬ青年に見下ろされ、サナは狼狽えているようだった。

「ところで、オトレイアナの生徒が隠れて他者の悪口とは感心しないな」

「！　……すみません」

ロゼの謝る声が聞こえる。続けてサナも頭を下げた。

遠目でも分かるほど、サナの顔色はすっかり青ざめていた。まさかユーリに聞かれるとは思っていなかったのだろう。

「ご、ごめんなさい。私、神官の方に呼ばれてたんでした……」

ぼそぼそと口にしながら、ユーリの前を横切って部屋を出て行く。

ブリジットは身体を強張《こわば》らせたが、サナは反対方向へと逃げるように走り去っていった。

これで一応は、一件落着だろうか。そう思ったが、ユーリとロゼは向かい合ったまま微動だにしない。

沈黙が苦しかったのか、ロゼは遠慮がちに口を開いていた。

「オーレアリス先輩は、あ……ブリジット先輩と、仲がいいんですか？」

何か言い淀《よど》みながらも、ロゼが問いかける。

ブリジットは目をしばたたかせた。ロゼがそんなことを気にするのが意外だったのだ。

ユーリも同様だったのか、理由を問うような目でロゼのことを見返している。

ロゼは気まずげに言う。

「さっき、手を繋いでいたので……」

(見られてた――！)

なんだろう。なぜかものすごく恥ずかしい。

隠れたまま赤面するブリジットを、ブルーが気味悪そうに眺めている。

「なんだ。羨ましかったのか？」

「えっ！」

(何言ってるのユーリ様⁉)

ユーリの的外れな指摘に、ロゼがぎょっとしている。偶然ながら、ブリジットも同じような反応をしている。

ロゼは、思わずといった様子でウェーブがかった髪の毛をかいた。

「……そうではなくて。ただ、ブリジット先輩のことをよく知っているのかなと」

「先ほどの口ぶりからするに、お前こそブリジットのことを知っていそうだったが」

ユーリに淡々と言い返されたロゼの表情が変わった。急にどこか、怒っているような――険しい顔つきになる。

「おれは、……だけど、本人とは話せる立場じゃないから」

しかし数秒後に「あっ」と口元を押さえると。

「すみません。無関係のオーレアリス先輩に、八つ当たりのような態度を取ってしまって」

「――は？」

次はユーリのまとう雰囲気が一変した。

目つきが剣呑《けんのん》さを増し、空気が一気に尖《とが》りを帯びる。

久しぶりにブリジットは思い出した。ユーリが周囲から〝氷の刃〟と呼ばれて恐れられていることを。

相対するロゼこそ、変化を鋭敏に感じ取ったのだろう。肩が強張り、明らかに顔が緊張している。

しかしロゼの言葉の何が、ユーリの逆鱗《げきりん》に触れたのか。ブリジットが考える前に、ユーリは舌打ちせんばかりの口調で言い放っていた。

「それなら、ブリジット本人とさっさと話せばいいだろう」

（ユーリ様ぁ⁉）

本当に今日のユーリは、次から次へと何を言い出すのか。

ロゼも「ええっ？」と声を上げて困惑している。そりゃそうよねとブリジットも思う。

「無理です。おれ、絶対嫌われてると思うし……」

「それも本人に聞いたらどうだ。僕は知らない」

「聞け話せって簡単に言いますけど、家庭の問題ですから」

「それなら僕に聞くな。うじうじと鬱陶しいな」

『……これ、まだ続くのか？』

はらはらするブリジットの後ろで、ブルーが暇そうに毛繕いしていた。

◇◇◇

「お帰りなさいませ、ブリジットお嬢様。……大丈夫ですか？」

若干ふらつきながら別邸に戻ってきたブリジットを、シエンナが出迎えてくれた。

げっそりとした顔をしてしまっていたのだろう。不安げなシエンナに、心配ないとブリジットは首を振る。

「少し疲れただけよ。今日は早めに休むわね」

「といいつつ、本日も編み物を進められるおつもりですね？」

「うっ、それは」

ぎくりとするブリジット。

小さく溜《た》め息《いき》を吐いたシエンナは、主人の腕からコートと鞄《かばん》を受け取る。

「湯浴《ゆあ》みのあと、少しのお時間だけですからね」

「ありがとう！」

ブリジットが明るい笑顔を浮かべれば、仕方がないというようにシエンナは肩を竦《すく》めてみせた。

「それで、神殿での晩餐会はどうでしたか？」

「それが……」

その言葉に、ブリジットは回想する。


ほんの数時間前のことである。

用事を終えたという大司教が中央神殿に戻ってきて、それから一階にある応接間にて食事の席が設けられた。

晩餐会といっても、そこまで格式張ったものではなかった。食事の内容は質素なもので、ハーブを使った南瓜《かぼちゃ》のシチューに、大きな川が近いからか白身魚のフライなど、むしろ家庭的な料理が多かった。

神殿お抱えの料理人が居るそうで、少々薄味ではあったがどれも満足のいく味だった。

――晩餐会自体も、基本的にはつつがなく進行したと言えよう。

主に話していたのは、引率教員のマジョリーと神官長のリアムだ。

二人が中心となって話題を振るのに、精霊博士のトナリ、ユーリやブリジットが答え、ロゼとサナもときどき会話に参加する。老齢の大司教はあまり口を開かず、笑顔でそれを聞いていた。

トナリからの忠告もあったので、ブリジットは警戒していたのだが、大司教は特にぴーちゃんの話題を振ってはこなかった。

気が向いたときしか人前に出てこないぴーちゃんだが、晩餐会の席ではテーブルの下を歩き回ってうろちょろしていた。

ブリジットの与えたパン屑《くず》をつつく姿に、大司教は優しげに目を細めていた。

その姿を見て、ブリジットは先月のことを思い出した。

学院でフェニックスとして覚醒《かくせい》したぴーちゃんを前にしたとき、大司教は何も言わず、静かに涙を流していた。トナリの言う通り、彼はフェニックスの力を悪だくみに使おうとか、世界を征服したいだとか、そういった野心は抱かない人に思えた。

そうして、食後のデザートとして出されたくるみのクッキーを食べていたときである。

大司教が、唐突にこんなことを言い出した。

「どうじゃろう。彼ら四人に、建国祭のパレードに出てもらうというのは」

建国祭は王宮と神殿の人間が主だって作り上げる行事だ。特にパレードでは、神官たちの契約精霊が大々的に王都を練り歩く。

しかし、そのパレードに魔法学院の生徒が参加した、などという話は今までに聞いたことがない。

ばりばりとクッキーを噛み砕《くだ》いていたトナリが、何気なく大司教に問いかける。

「大司教。それ、フェニックスが居るからの提案ですか？」

「そういうつもりではないのじゃが……」

神殿で最も権威ある立場の大司教に対して、歯に衣着《きぬ》せぬ物言いをするトナリ。

そんなトナリをリアムは少し困った顔で見ていたが、小さな大司教は、さらに小さくなってしまったようにブリジットには見えた。

「すみません。おれは辞退させてください」

遠慮がちな表情を浮かべて、ロゼがそう申し出る。

するとサナも続いて、辞退したいということを口にした。先ほどユーリと険悪な雰囲気になったばかりだし、同学年のロゼが居なければ無理だと思ったのだろう。

しかしブリジットはといえば、考えさせてください——と答えていたのだった。


（どうしてあんなこと、言っちゃったのかしら……）

自分でも不思議だった。

トナリには念を押されている。フェニックスを契約精霊に持つ以上、あまり目立つ真似をするべきではないはずだ。

それでもあんな風に言ってしまったのは、今朝《けさ》見た夢の名残だろうか。

自分でもうまく言葉にできない感情を察してくれたわけではないだろうが、ユーリもブリジットと同じ言葉を大司教に向けていた。

（それと、ぴーちゃんについても調べてくれるって）

後日、ぴーちゃんの外見や能力について改めて調査を行う旨の説明があった。といってもぴーちゃんの正体については、フェニックスだと認められているも同然だ。ブリジットの左手の傷を治癒する様子を大司教たちも目撃していたので、形式だけのものになるらしい。

調査員として、学院にはリアムとトナリを派遣してくれるそうだ。ブリジットが安心できるようにという配慮らしい。大司教は残念そうだったが、多忙なのだから致し方ない。

調査の結果、ぴーちゃんがフェニックスだと正式に認められれば——精霊について綴《つづ》られた書物や、いくつもの精霊図鑑に、新たにその存在が刻まれることとなる。

それ自体は喜ばしいことだ、と精霊博士を目指すブリジットは思う。ぴーちゃんが精霊史に現れることによって、ますます精霊界への理解が深まることになるのだから。

「では、お嬢様。一時間後に様子を見に伺いますので」

「ええ、分かったわ」

湯浴みを済ませたあと、寝間着に着替えたブリジットは律儀なシエンナの言葉に頷く。

シエンナが自室を出て行ったあとは、編みかけのマフラーを取り出す。

編み棒を手に、よし、と拳《こぶし》を握って自分を奮起させる。

細々とした作業はやはり向いていないが、夜寝る前の時間はブリジットにとってかけがえのないものになりつつある。

もちろん、マフラーを渡す予定のユーリに喜んでほしいから。

（それに……）

編み物に熱中している間だけは、考えたくないことを考えずにいられるからだった。

◇◇◇

翌々日、図書館近くの四阿《あずまや》にて、ブリジットとユーリはいつものように向かい合って座っていた。

階段下の小川近くでは、人の形を取ったブルーとぴーちゃんが追いかけっこをしている。

「ぴー、おまえほんとに足遅いな！」

『ぴ⁉　ぴぴー！』

「なんだ？　怒ったのか？　あははは！」

『ぴぎゃー！』

氷の狼フェンリルと、炎の鳥フェニックスという、わりと相容《あいい》れなさそうな精霊同士なのだが、戯れる姿は楽しそうだ。

そんな凸凹な二匹を視界の端っこに入れつつ、ブリジットはユーリに確認を取っていた。

「では来週の筆記試験で、四度目の勝負を行うということで」

「そうだな」

今までも、ブリジットとユーリは三度競い合ってきた。二人の間で行われる勝負は、〝負けたほうは、勝ったほうの言うことをなんでもひとつ聞く〟という条件だけが設けられたシンプルなもの

だ。

今までの結果は、一度目は引き分け、二度目はユーリの勝利。

三度目も引き分けと……今のところユーリ相手に、ブリジットは一度も勝利を収めることができていない。

才能に溢《あふ》れた天才として、周囲から敬遠されがちなユーリ。しかし彼のことを知った今、ブリジットには分かっている。

ユーリは確かに天才かもしれないが、その名前がいつも試験結果の頂上に輝いているのは、彼がそれに見合った努力をし続けているからだ。

いつでも涼しげな顔をしているから都合良く解釈する人が居るだけで、本当のユーリは恐ろしいほどの努力家なのだ。

（だからこそ純粋な筆記試験で、ユーリ様に勝てる気がまったくしないんだけど……）

萎《しお》れそうになって、はっとするブリジット。

（って――始まる前から弱気になってどうするの、私！）

気持ちの時点で負けていては、勝てるものも勝てないではないか。ブリジットはユーリにバレないよう、テーブルの下でぎゅーっと両手の拳を握る。

今回の筆記試験は科目が絞られている。精霊と特に深く関《かか》わる魔法基礎学、魔法応用学、精霊学の三科目のみだ。最近の時間割では、人理学や歴史学の授業は大幅に削減され、その分の時間がこれらの科目に当てられている。

それを思うたび、来年の春には自分たちは卒業するのだと、ブリジットは思い知らされる心地になっていた。

「もうすぐ、卒業ですわねぇ……」

しみじみ呟くと、ユーリが胡散臭《うさんくさ》そうな顔を向けてくる。

「あと半年近くあるだろう」

それはそうなのだが、あと半年もない、とも言い換えられる。

(学院を卒業したら、私は……)

別邸を出て、精霊博士になる。

そう目標を抱いていたが、おそらく今のブリジットにはそんな猶予は残されていない。

本邸に戻るよう、デアーグは一方的に告げてきた。彼の意に沿わぬ答えを返せば、その時点でブリジットは別邸を追い出される。つまり卒業を待たずして、住む場所を失うということだ。

(そうなったら、今まで通り学院に通うことだって……)

考え出すと陰鬱《いんうつ》な気分が止まらなくなる。

自室に居るときならマフラーを編むのに集中できるのだが、残念ながらここは別邸ではないし、そもそも目の前にマフラーを贈りたい相手が居るのである。

「父親と何かあったのか?」

すると、急にユーリにそう訊かれた。

ブリジットは目を見開く。

「どうして……」

「神殿に向かう馬車で、父親の話をしていただろう」

昔の夢を見た、とブリジットが話したから、それを気にしてくれていたらしい。

些細《ささい》なことが嬉しくて、息が詰まる。

何度か口を開き、閉じてから、小さな声でブリジットは伝えた。

「実は……本邸に戻ってくるように、父に言われました」

ユーリが目を見張る。

本当は、話すべきではないと思っていた。今までもユーリにはしょっちゅう身の上話をしてしまったが、今回の件は完全にメイデル伯爵家の問題なのだ。

それでもユーリを前にするときだけ、ブリジットが素直に気持ちを吐露できるのも事実だった。

誰にも打ち明けられない弱々しい本音でも、ユーリは静かに耳を傾けてくれるから。

「わたくし……自分がどうしたいのか分からないのです。本邸が帰りたい場所なのか、二度と戻りたくない場所なのか、それすらよく分からない」

「………」

「お父様に会ったとき、身体が竦みました。あの声を聞くだけで、全身が震えて……怖くて、仕方なかった」

ブリジットはきつく、両手を膝《ひざ》の上で握り込む。

父によって刻まれた左手の火傷《やけど》痕は、ぴーちゃんが治癒の力で消してくれた。それでも十一年前の雨の日、この身に刻まれた苦痛は、消えることなくブリジットを苛《さいな》み続けるのだろう。

これから先もずっと。

「それなのに――ふふ。おかしいですわよね？　わたくし、ほんの少しだけ嬉しかったのです」

知らず俯《うつむ》けていた顔に、ブリジットは笑みを浮かべる。

たぶん頼りなく歪んだそれは、笑みと呼べる代物ではなかったけれど。

「五歳の頃は、父にそう言ってほしかった。戻ってこいって、わたくしを迎えに来てほしかった。母にも抱きしめてほしかった。全部、悪い夢だったらいいのにって……」

小さな別邸に押し込まれて、火傷の後遺症に苦しみながら毎日を過ごしていた。

そこが自分の家になったのだと、与えられた罰なのだと知りながらも、心の奥底では期待していた。許してくれるはずだと、迎えに来てくれるはずだと、両親のことを辛抱強く待ち続けていた。

しかしいつまでも、二人は姿を見せなかった。ぼんやりと過ごしていた日、父は遠い親類から、優秀な少年を後継として引き取ったらしいと使用人が話しているのを聞いた。

願い続けた救済はなかった。

ブリジットはとうの昔に、彼らにとって用済みだったのだ。

「ばかばかしいと分かっているんです。今だって父は、ぴーちゃんの契約者としてわたくしを見ているだけですものね」

ユーリが席を立った。ブリジットは息を呑《の》んで、顔を上げる。

そのときのブリジットは、突き放された子どものような表情をしていたのかもしれない。

もどかしげに目を細めたユーリは、テーブルの横を回って近づいてきた。すぐ隣に座り直すと、骨張った手がブリジットの拳に重ねられる。

大切な壊れ物を扱うように、慎重に包み込んでくれる。

「……今も、震えているから」

どこか言い訳めいた口調で、ぽつりとユーリが言う。

その言葉に、両手から力が抜けていった。

爪《つめ》の切っ先が皮膚を裂いたのか、手のひらが熱い。でもユーリの手の感触があれば、その小さな痛みを忘れていられた。

拳の形を解けば、ユーリがするりと指の合間に這入り込んでくる。

（ふぎゃっ）

声が漏《も》れそうになるのをどうにか堪える。

最近のユーリは、なんだか妙に触れてくる気がするのだ。しかもブリジットの左手ばかりに。

（深い意味はないのかもしれないけど！）

そのたび呆気《あっけ》なく蚤《のみ》の心臓が止まりそうになっているのだと、彼はちっとも分かっていないのだと思う。

「ユーリ様！」

「なんだ？」

素知らぬ顔で返されては文句もうまく言えない。

ぐぬぬ、と内心唸《うな》りつつもブリジットは黙った。ユーリも口を閉じる。

ブルーとぴーちゃんが遊ぶ声だけが、風に乗ってきこえてくる。

そうしていると、強い実感がブリジットの胸を訪れた。

(この手の、感触……)

やはり覚えている。

五歳の頃、デアーグによって暖炉に手を入れられたあのとき、投げ出された手を掴んでくれた手と同じだと、そう気がついたのはずいぶんと前のことだ。

今まではなんとなく聞きそびれてしまっていた。

だけど、この優しい手のことを自分は知っているのだと――伝えたい一心で、ブリジットは口を開いていた。

「ねぇ、ユーリ様」

目と目が合う。

緊張に唾を呑みながら、ブリジットは震える声で問おうとした。

「あなたは、十一年前のあのとき……」

「どわーっ!」

ばっしゃん、と大きな水音と、叫び声が聞こえた。

そこに『ぴっ⁉』とぴーちゃんの悲鳴が重なっている。どうやらブルーが川に落ちてしまったらしい。

弾《はじ》かれたように手を離したユーリが、四阿を出て階段を下りていった。

その後ろ姿を、呆然《ぼうぜん》としてブリジットは見送る。そうするしかできなかった。

「何をやっているんだ、お前は」

「あ、ますたー！　どうしたの？　いっしょに水浴びする？」

小川のほうから、ユーリとブルーの話し声がする。

それをぼんやりと聞きつつ、ブリジットは思う。

以前から薄々、そんな気はしていたけれど。

（ユーリ様は、もしかして……）

彼は、十一年前の話をしたくないのかもしれない。

◇◇◇

その日の放課後である。

「自習室、空いてっかな？」

「いつもそんなに混んでないから、大丈夫だと思いますけど」

仲良くお喋りするニバルとキーラに挟まれて、ブリジットは図書館へと向かっていた。

再来週からの筆記試験に向けて、図書館の自習室を使って勉強会をすることになったのだ。

「今回の精霊学の範囲、悪妖精《アンシーリーコート》のとこだもんな……難しいんだよなぁ」

「わたしはブリジット様に教えていただいたら、なんでも覚えられる気がします！」

「いや、ちったぁ授業で覚えろよ。先生が泣くぞ」

しかしメンバーは三人だけ。なんとなく、ユーリには声をかけそびれてしまった。

（勝手に私が、気まずくなっただけなんだけど）

お昼時、四阿の前で別れるときも、ユーリはブリジットと目を合わせてくれなかった。

――十一年前のあの日のことを、ブリジットはよく覚えていない。

五歳の誕生日を迎え、契約の儀のために中央神殿に赴き、契約精霊は微精霊だと告げられた日……。

けれど、どうしてメイデル伯爵邸の応接間にユーリが居たのだろう。

その理由を知りたかったが、あの様子を見るにユーリは訊かれたくなさそうだった。

（他に、知っていそうな人は……）

シエンナもあの頃はまだ侍女見習いで、ユーリの来訪については知らなかったという。

両親か、あるいは昔から家に仕えてくれている使用人の誰かなら分かるかもしれないが……。

（でも、ユーリ様本人の言葉で聞きたい）

ブリジットはそう思う。他の誰かの口からではなく、ユーリから直接、話を聞きたいと。

（さっそく失敗したばかりだけどー！）

「そういえばキーラさん。ダンスパーティーには級長と行かれるの？」

このままではますます凹《へこ》みそうなので、隣を歩くキーラに小声で訊いてみる。

キーラは大きく頷いた。返事はばっちりだったようだ。

「ブリジット様は、オーレアリス様とですよね？」

「え、ええ」

詳しく話したわけではないのに、察していたらしい。良かったですとキーラが微笑《ほほえ》む。

「でもそれなら、思いっきり触れ回ったほうがいいかもしれませんね」

「触れ回る⁉」

あまりにも恥ずかしい提案にぎょっとするブリジット。しかしキーラは真剣そのものの表情だ。

「お気づきでなかったかもしれませんが……最近は特に、ブリジット様はおもてになります。パートナーとしてオーレアリス様の名前が広まれば、九割方の男子は諦《あきら》めると思うんです。だってそこらのへなちょこでは太刀打ちできないですから」

「キーラさんったら。それを言うなら、もてるのはユーリ様よ？」

口元に手を当ててブリジットは笑う。

しかしキーラはきょろきょろと周りを見回すと、とある一点をじっと見つめ出した。

なんだろうと思って同じ方向に目をやれば、花壇の近くでこそこそ動いていた男子三人が慌てて散っていく。

「ねっ、今も見られてました！」

なぜか自慢げに胸を張るキーラ。

「見られてたのはキーラさんよ、可愛いものね」

本心から伝えれば、なぜかキーラは真っ赤《か》になって黙ってしまった。

でも唇が拗《す》ねたように曲がっている。嬉しいのと怒っているのと半々らしい。

「どうしたんだよキーラ。顔赤いぞ」

「……級長。わたし、ブリジット様にまた可愛いと言ってもらいました」

「なっ……俺《おれ》だっていつか、ブリジット嬢に可愛いと褒めてもらうからな！　調子に乗るなよ！」

わけのわからない言い合いをする二人に挟まれたまま、図書館へと到着する。

すると図書館の入り口で、見知った下級生たちと鉢合わせた。

「……あっ」

ブリジットとロゼの口が、同じ形に動く。図書館から出てきたのは、ロゼとサナだった。

「こんにちは、ブリジット先輩」

「ごきげんよう」

お互いに少々ぎこちない笑みを交わしていると、ロゼの隣に立ったサナが鼻を鳴らした。

「ロゼ君とブリジット先輩って、あんまり仲良くないですよね」

触れられたくないところに土足で踏み込まれ、ブリジットは黙り込む。サナは調子づいたのか、早口で続けた。

「まぁ、当然ですよね。ロゼ君は優秀だけど、ブリジット先輩は名無しの――」

「口を慎んでください」

ブリジットは瞠目《どうもく》した。サナに向かって厳しい口調で言い放ったのが、喧嘩《けんか》っ早いニバルではなくキーラだったからだ。

「上級生に挨拶もせずにその態度、失礼にもほどがありますよ」

（キーラさん……）

大人しめな外見のキーラに注意されて、サナも驚いたらしい。固まってしまったサナに、窘《たしな》めるようにロゼも言う。

「サナさん。あ……、ブリジット先輩に、ちゃんと謝ろう」

サナは唇を嚙み締《し》めると、何も言わずに去ってしまった。

その場に残されたロゼは、心底申し訳なさそうに頭を下げる。

「すみません先輩方。彼女も悪気があるわけじゃないんです。ただ、とにかく口が悪くて」

「それは悪気があるって言うんじゃないか？」

冷静にニバルが指摘すれば、ますますロゼは小さくなってしまう。

なんだかいじめているようで、話題を変えようとブリジットは柔らかい声で話しかけた。

「あなたたちは、どうしてここに？」

「自習室を使おうと思っていたんですが、混んでいるので帰ろうと思って。サナさんとは偶然、館内で顔を合わせたんです」

「そうなのね。ならわたくしたちも、他の勉強場所を探そうかしら」

「……はい、それがいいと思います」

ロゼは微笑んで会釈すると、立ち去っていった。

見送ったブリジットだったが、ニバルはロゼの背中を睨《にら》んで口をひん曲げている。

「どうしたのニバル級長。変な顔して」

「……あのピンク頭の坊主、さっき〝赤い妖精〟って言おうとしませんでした?」

言われてみれば、ブリジットには思い当たる節があった。

『オーレアリス先輩は、あ……ブリジット先輩と、仲がいいんですか?』

神殿を訪問した際も、ロゼは同じように言い淀んでいたのだ。

だが、ニバルの言う通りだとしても致し方ない。サナの発言通りなのは癪《しゃく》ではあるが、ブリジットに姉として好かれる要素はひとつもないのだ。

そもそもロゼには、ブリジットと姉弟だという自覚もないかもしれない。

(それは、私も同じだけど)

「腹立つぜ、あのピンク頭。今度シメてやる」

「ニバル級長。あの子、わたくしの義弟なのよ」

「えっ? ………………ええええええ⁉」

目をつり上げているニバルに明かしてみたら、仰天してひっくり返っていた。

第三章　居なくなった母

（終わったー！）

答案用紙の回収が終わると同時、ブリジットは小さく伸びをした。

筆記試験――魔法基礎学、魔法応用学、精霊学の三科目の試験日程が、たった今終わったところだった。

ユーリのことをなるべく考えないように毎夜の勉強に励みつつ、休憩時間中はユーリに贈るマフラーを編むという複雑怪奇な毎日ではあったが、その結果いつも以上に集中できた気がする。

（今回はかなり自信があるかも！）

今度こそ、ユーリに勝てたのではないだろうか。

（いや、勝つ！　今度こそ勝つのよ、ユーリ様に！）

負けっぱなしというのは性に合わない。

「ブリジット様……。だ、だめでした……」

そこに普段より覇気のない顔つきのキーラが、よろよろしながら近づいてきた。

その表情と口ぶりから察するに、今回のテストも絶望的だったようだ。

『ぴー！　ぴぴぴ！』

その瞬間、胸ポケットから「待ってました！」とばかりにぴーちゃんが飛び出してきた。言葉こそ人のそれではないが、明らかにばかにするニュアンスが感じられる。

「もう、ぴーちゃんたら」

頭をつついて注意するブリジットだが、ぴーちゃんは楽しげに囀《さえず》っている。

キーラは恨みがましい目でぴーちゃんを見ている。今日ばかりは言い返せないようだ。

「キーラさん。そんなに落ち込むことないわよ」

「でも、せっかくブリジット様に教えていただいたのに！」

わっと顔を覆《おお》うキーラ。その後ろからやってきたニバルが言う。

「おい、俺《おれ》もちょっと教えただろ」

「ブリジット様が、手取り足取り教えてくださったのに！」

「無視か。っと、そんなことよりブリジット嬢。客人が来てます」

「え？」

（もしかしてユーリ様⁉）

ブリジットはどきりとしつつ、ニバルの指差す教室の後ろドアを見やった。

しかしそこで待っていたのは、思いがけない人物だった。

「ロゼ君？」

目が合うと、ロゼは眉尻《まゆじり》を下げて微笑《ほほえ》む。

「こんにちは。あ……ブリジット先輩」

「どうしたの？　二年生の教室まで来るなんて」

二年生と異なり、一年生は通常通り六科目の試験がある。今は昼休憩中だろう。

一年生の教室がある西棟から、この東棟まではそれなりに距離もある。わざわざ訪ねてきたのは、何か理由あってのことだろう。

（でも、わざわざ私を訪ねるなんて）

「少し、お伺いしたいことがあって……」

何か事情があるようで、そこから先は口にしない。

少し迷ってから、ブリジットは教室を出た。

「ここじゃ人目につくから、静かなところに行きましょう。そのほうがいいわよね？」

「あ、ありがとうございます」

ロゼは安堵《あんど》した様子だ。

ブリジットが先導して向かったのは、東棟の裏庭にあるベンチ付近である。ちょうど二週間前、ニバルとユーリそれぞれからブリジットがダンスパーティーに誘われたところだ。

先に座ってみせると、ロゼは緊張した面持ちながら、少し離れて隣に腰かけた。

「それで、訊《き》きたいことって何かしら」

促してみると、ロゼは一息に言い放った。

「義母上《ははうえ》がどこに行ったかご存じありませんか？」

「……え？」

呆気《あっけ》に取られるブリジットに気がつくと、ロゼは顔の前で両手を振った。

「す、すみませんいきなり！　それが、あの、三日前から義母上の行方《ゆくえ》が分からないんです。屋敷から姿を消して、どこを捜しても見つからなくて」

よくよく見れば、ロゼの目の下にはくまがある。もしかしたら、寝る間も惜しんで母のことを捜していたのだろうか。

そうと分かれば、彼がわざわざ昼休憩の時間にやって来た理由も明らかになる。

ロゼは、ブリジットの試験が終わるのを待っていたのだ。母のことを不用意に話して、ブリジットが試験に集中できなくなるのを避けるために。

(優しい子なのね……)

そんな彼の思いに応《こた》えたい、という気持ちは少なからずあったが、ブリジットは首を横に振った。

「ごめんなさい。わたくしに心当たりはないわ」

「そう、ですか」

ロゼが肩を落とす。

「でも、どうしてわたくしに？」

ブリジットは躊躇《ためら》いつつもそう訊いた。

もう十一年間、ブリジットは母に会っていない。

そんなブリジットが母の行き先を知っているかもしれないと、ロゼが考えたのが不思議で――

しかし口にしたところで、思い当たった。

「あっ。もしかしてわたくしが母に危害を加えたと思って……」

「え？　……え⁉　ち、違いますよ！」

ロゼが立ち上がる。あまりに悲愴な顔をしているものだから、ブリジットのほうが申し訳なくなるくらいだった。

「ご、ごめんなさい。いやな言い方をしちゃったわね」

謝ると、ロゼは「いえ……」と、ますます縮こまってしまった。

再びすとん、とベンチに座る。二人の間を隙間風《すきまかぜ》が無造作にすり抜けていく。

「おれは、義母上のことはよく分からなくて」

やがて、小さな声でロゼが話し出した。

「おれがメイデル家に引き取られたときは、既に……義母上は寝ているか、うろうろと屋敷内を歩き回っている人で。夜もあまり眠れないみたいで、義母上の寝室から誰《だれ》かと話してるような声が聞こえるって、よく侍女たちが不気味がっていました。義父上《ちちうえ》はそんな義母上を外に出せないからと、屋敷内に留《とど》めていました」

それは初めて聞く、ブリジットが別邸に移されたあとの話だった。

そして思いがけない内容でもあった。てっきり両親はブリジットが視界から消えて、快適に暮らしているとばかり思っていたのだ。

「でも、元気なときもあるんですよ。そういうときは、あ……、ブリジット先輩のことを話したり、しました」

「わたくしのこと？」

はい、とロゼが微笑む。

話の内容を聞こうとして、ブリジットは何も言えなくなる。その照れくさそうな微笑は、少なからずブリジットに対して好意的なものだったからだ。

（お母様が、私のことを話してた？　でもお母様は……）

『ねぇブリジット。どうしてあなたは、もっと頑張れなかったの？』

そう静かに責め立てる声が、今も耳の奥にこびりついている。

それに、虚《うつ》ろな硝子《ガラス》玉のような瞳《ひとみ》。重苦しい溜《た》め息《いき》。

抱きしめる腕は冷たくて、ブリジットが凍えればいいと願うようでさえあった。

『どうして、あなただけが駄目な子なの？　私が……悪かったの？　私がいけないの？』

繰り返す母に、幼いブリジットは泣きながら謝ることしかできなかった。

家族だったはずの人たち。

でも今は何も分からない。何も知らない。それが歯痒《はがゆ》いような、怖いような気持ちになる。

この場にユーリが居れば、そんな行き場のない思いを口にできたかもしれない。

でも目の前に居るのは、母の行方を気にして不安がっているロゼなのだ。ブリジットが弱気な顔を見せるわけにはいかなかった。

「……お父様は、お母様についてはなんて？」

そう問うと、ロゼの顔が一気に暗くなる。

「義父上は、義母上のことは放っておくように言うんです。建国祭の準備で忙しい、って」

「……！」

家族を顧みる人ではないと分かっていたが、それでもロゼの言葉は衝撃的だった。

そのせいで、ロゼはたったひとりで不安に苛《さいな》まれながら、母のことを捜していたのだ。

迷った末に、ブリジットはこう言っていた。

「分かったわ。一緒にお母様を捜しましょう」

ロゼがぱっと顔を上げる。期待の色に、灰色の瞳が輝いている。

「手伝ってくださるんですか？」

「そんな顔をした人のこと、放っておけないもの」

弟と言おうとして、寸前で思い留まる。そんなことを言っても、ロゼを困らせるだけだろう。

「ありがとうございます……！」

深く頭を下げてくるロゼに、ブリジットは面映《おもは》ゆい気持ちになった。

「ま、まずは屋敷で調査をしましょう。母の行方の手がかりがあるかもしれないから」

「でも、ブリジット先輩はどうやって……？」

ロゼが困惑するのも無理はない。本邸を追い出されたブリジットが、我が物顔で屋敷内をうろつくことはできないからだ。

「ロゼ君はとにかく午後の試験を乗り切って。放課後、本邸の裏口前で待ち合わせましょう」

どうにか笑みを浮かべて、ブリジットは言ってみせた。

「わたくしは、その間に必要な準備を進めておくから」

◇◇◇

「あ……、ブリジット先輩、その格好は⁉」

開口一番、ぎょっとしたようなロゼの言葉に出迎えられる。

お仕着せ姿のブリジットは、得意げに胸を張ってみせた。

「変装してきたわ！」

――そう、ブリジットは侍女に変装していた。

最初はシエンナにお仕着せを借りるつもりだった。しかしシエンナとブリジットでは体格が違いすぎるので、別の侍女から衣装を借りてきたのである。

頭にはフリルつきのキャップを着け、赤い髪はきっちりと編んで結い上げた。用心に用心を重ねて、伊達眼鏡も装着している。

これならば誰かに見咎《とが》められても、すぐにブリジットとは露見しないはずだ。

(実家に行くのに変装するのも、おかしな話だけど)

父に知れたら、注意されるだけでは済まないだろう。

でも母のことは放っておけない。事故か事件に巻き込まれたのかもしれないし、何かあってから後悔するでは遅いのだ。それならば、自分が危ない橋を渡るほうがましだとブリジットは思う。

「どうかしら？　変じゃない？」

その場でくるくると回ってみせる。

不備がないか見てもらったつもりだったが、ロゼは両手を組んで頬《ほお》を染めていた。仕草がちょっぴり乙女っぽいからか、顔立ちが似ているわけではないのにキーラの顔が頭に浮かぶ。

「と、とても素敵だと思います。……あっ！　これは、別に他意があるわけじゃなくて」

「分かってるわよ。ありがとう」

焦《あせ》るロゼがおかしくて、ブリジットは微笑んだ。

二人は顔を見合わせた。沈黙が訪れる前に、ブリジットはぱちんと手を合わせた。

「じゃあ、さっそく行きましょう。屋敷内ではわたくしは侍女として振る舞うから、ロゼ君もそのつもりで」

「え？　でも」

「いいから。それでとりあえず母の私室を見たいのだけど、鍵《かぎ》はどうしましょう」

「それなら、こっそり執事部屋から拝借しておきました」

ロゼが制服のポケットから鍵束《たば》を覗《のぞ》かせてみせる。

「上出来よ」

「へへ……、ありがとうございます」

思わず軽口を叩《たた》いてしまったが、ロゼは嬉《うれ》しそうにはにかんでいる。

(可愛《かわい》い)

ユーリやニバルの一歳下とは思えないほど幼げな笑顔に、ちょっときゅんとするブリジットだった。

二人は裏口からメイデル家の屋敷内へと入った。

十一年前まで過ごした家だ。思わず、ブリジットは壁紙や調度を見やる。

朧《おぼろ》げな記憶と照らし合わせてみると、あの頃と、ほとんど内装に違いはないようだった。いっそ不自然なほどに、記憶の中の景色と変わりがない。

（……懐かしい）

五歳までの日々を過ごした場所。

両親と共に暮らしていた、大きく立派な家。

感慨とも、悲しみとも言えない曖昧な感情が胸に込み上げてくる。心配そうにこちらを振り返っているロゼに、ブリジットはなんでもないというように頭を振った。

「行きましょう」

いつまでも立ち止まっているわけにはいかない。夕食に近い時間帯のため、一階のダイニングルーム付近は人目についてしまう。

ロゼに先を歩いてもらい、少し距離を開けて階段を上っていく。広々とした廊下に出ると、好都合なことにまったく人影はない。

大きな窓からは夕日が射《さ》し込《こ》み、葡萄《ぶどう》色の絨毯《じゅうたん》をさらに濃く染め上げている。

「あ……、ブリジット先輩。まだ義父上は帰っていないので、二階にはおそらく誰も居ないかと」

説明してくれるロゼの後ろを俯《うつむ》きがちに歩きながら、何気なさを装ってブリジットは言った。

「ロゼ君。あのね、わたくしのことは呼びたいように呼んでもらって構わないわよ」

ぴくりと、ロゼの両肩が跳ねた。

「ほ、本当にいいんですか？」

「ええ。もちろん」

ブリジットは、本心からそう告げた。

ロゼが〝赤い妖精《ようせい》〟と呼びたいなら、それはそれで構わない。

それに以前よりも、その呼び名はいやではなかった。ブリジット自身の気の持ちようも、昔とは違っている。

（私はもう、ひとりじゃない……ユーリ様やぴーちゃん、シエンナが居て、級長やキーラさんだって居てくれるもの）

だから誰にどんな呼び方をされても、気にすることはない。

ロゼはいくばくかの沈黙のあと、「では」と慎重そうに呟《つぶや》いた。

「――あ。あ、あ、あああああうっ」

「だ、大丈夫？」

「だ、だ、大丈夫です。ただ、緊張してしまって」

ぜえはあと荒い息を吐きながら、ロゼは苦しげに胸のあたりを擦《さす》っている。そこまで苦悶《くもん》しながら呼ぶ必要があるのかと、なぜかブリジットのほうが心配になってきてしまった。

「あ、あ、あ。あ……あああ……！」

ロゼは大量の汗をかきながら、とうとうその場にがくりと膝《ひざ》をついてしまった。

「本当に大丈夫!?」

「本当に大丈夫です！　すみません！」

力強い返答だが、それにしたって顔色がひどい。

慌ててしゃがみ込んで、ロゼの肩に手を添えてやる。

そのとき、気がついた。ロゼが倒れたのは、ちょうどブリジットの部屋の前だった。

（あ……）

今は物置にでもなったのだろうか。それとも、使われていないのだろうか。

気を紛らわすのも兼ねて、ブリジットは訊いてみようとした。

「ねぇ、ロゼ君。この部屋って」

「あ、あ、あねう――」

ロゼが声を上擦らせながら、何かを言いかけたときだった。

目の前のドアがゆっくりと、外側に向かって開いていた。

（えっ！）

ぎょっとするブリジットの目の前で、部屋の中から白髪の老人が姿を現す。老齢の執事とばっちり目が合ってしまい、ブリジットは硬直した。

息を吞《の》んで、心の中で呼ぶ。

（じい！）

記憶の中の容貌とほとんど変わらない使用人と、呆然《ぼうぜん》としたままブリジットは向かい合う。

いや、やはり少しだけ老いて、痩せただろうか。それは当然で、ブリジットが彼に世話をされていた頃から、既に十一年もの年月が流れている。

（――って、いけない！）

ぼんやりしている場合ではない。

ぐるり！とブリジットは後ろを向いた。

さりげなさを装って、台に置かれた花器の位置を調整している振りをする。

花器には赤や白、ピンク色といった色とりどりの薔薇《ばら》が活《い》けられている。本邸の庭には見事な薔薇園があるので、そこから選んだものだろう。

「あっ、えっとご苦労様！」

冷や汗流れるブリジットを背中に隠すようにして、ロゼが立ち上がる。

そんなロゼの肩越しに、ブリジットは鋭い視線を感じた。

間違いなく、気づかれている。

（でもここで、追い返されるわけにはいかないもの！）

まだ母について何も調査できていないのだ。ブリジットはぎこちなく両手を動かして、棘《とげ》の抜かれた薔薇を持ち上げたり、持ち下げたりした。

（じいが元気そうで、良かったけど）

先々代からメイデル家に務めてくれている彼は、数年前に執事長に昇格したのだとシエンナがこっそりと教えてくれた。

不審者――この場合はブリジット――を発見した時点で、早急に屋敷から叩き出すのも役目のひとつだ。忠誠心に厚い彼を、言葉で説得するなんてまず不可能であるとブリジットは悟っていた。

緊張感のまっただ中、黙っていた執事長が静かに口を開いた。

「……坊ちゃま。どうされましたか？」

「今日の課題に行き詰まってね、何か閃《ひらめ》くかなって屋敷内を散歩してるだけだよ」

ロゼの躱《かわ》しにブリジットは感心した。彼は自分よりもよっぽど口が回るようだ。

それを聞きながら花器を上げ下げする。もう他にやることが見つからない。花台を拭く布巾でも持参すれば良かった。

だが、上手《うわて》なのはやはり執事長だった。ふむふむと頷《うなず》いた彼は、きれいに生え揃った髭《ひげ》を撫《な》でつけながら、流暢《りゅうちょう》な口調で言ったのだ。

「左様でしたか。私としたことが……、お好みの侍女を連れて人気のない場所に向かわれている最中かと、邪推してしまいました」

「ええっ⁉」

ロゼが素っ頓狂な悲鳴を上げる。

まさか逢《あ》い引きの疑いをかけられるとは思っていなかったのだろう。強張《こわば》った顔が見る見るうちに赤くなっていく。

その様子は硝子の花器にも映り込んでいたので、ブリジットにもよく見えた。一緒に映る執事長はといえば、幼さの残るロゼの挙動に口元をわずかに緩ませている。

（完全にからかわれてるわ、ロゼ君！）

大人に遊ばれるロゼに助け船を出したいところだが、ここでブリジットが口出ししては彼が庇《かば》ってくれた意味がなくなる。

葛藤しているらしい呻《うめ》き声のあと、ロゼが頬をかいた。

「えっと……あの、この件は義父上たちには内密にしてほしいんだけど……」

彼は、不名誉な疑いを否定しないことにしたらしい。母のために、涙ぐましい頑張りだ。

「いいえ坊ちゃま。私めは何も聞いておりませんし、見ておりませんので」

ロゼが胸を撫で下ろす。

「ああ、それと鍵は早めに戻していただけると助かります」

その直後に噎《む》せていた。気の毒すぎる。

（人が悪いわよ、じい！）

これは、見逃してくれる代わりの勉強代ということなのか。

振り返ったブリジットがじっとりとした目つきで睨《にら》むと、目の合った執事長が眉尻を下げた。

その苦い笑みが、どこか嬉しげに見えるのは気のせいではないだろう。

「相変わらずお転婆《てんば》ですな、お嬢様」

ブリジットは唇を尖《とが》らせる。

ここまで来て、下手な小細工は通用しない。ロゼには申し訳ないが、素直に返すことにした。

「……じいも元気そうで、何よりだわ」

それにブリジットだって、久しぶりに彼に会えて嬉しかったから。

「はい。あちこち、がたはきておりますがね」

肩を回してみせる執事長と、怒った顔を作ったブリジットをロゼが交互に見ている。

「先日、旦那様が別邸に向かわれたそうですね。本日はその件でいらっしゃったのですか?」

ロゼは黙ったままだったが、表情に動揺はなかった。おそらく知っていたのだろう。

どう答えたものか悩んだが、ブリジットは首を横に振った。

「いいえ。わたくしはお母様のことを調べに来ただけよ」

「なんと。奥様の……」

「じいは、お母様の行き先について何か心当たりはないの?」

「……いいえ、私は何も。お役に立てず申し訳ございません」

そう、とブリジットは頷いた。やはり、母の部屋を調べるのが手っ取り早いのだろうか。

胸に手を当てて頭を下げると、執事長は立ち去っていった。

背筋の伸びた背中が見えなくなってから、ブリジットはロゼに訊《たず》ねた。

「じいが出てきたのは、ロゼ君のお部屋なの?」

「いえ。おれの部屋はその隣です」

ちょっと疲れた顔をしていたロゼだが、すぐに答えてくれる。

なら、多忙な執事長が手ずから掃除していたのはいったい誰の部屋なのか。

疑問に思ったのが顔に出ていたのか、ロゼが小さく微笑む。

「ここは今も、あ……ブリジット先輩の、お部屋ですよ。じいが毎日、掃除や手入れをしているんです」

「――、」

その言葉に、ブリジットは呼吸を止める。

父によって、燃え盛る暖炉に左手を入れられたあの日。少なくはない使用人が、ブリジットのことを庇ってくれた。当時は執事のひとりだったじいは、その筆頭だった。

デアーグの行いを止めようとして殴られた顔は、神官の治癒魔法によって完治しているけれど。

(恨まれてもおかしくないと思ってたのに……)

それなのにこうして、いつかブリジットが帰ってくるかもしれない場所を守ってくれていた。

大切にしてくれていた。その気持ちが、泣きたいほどに胸に染みる。

それと同時に、気がついた。

(じいなら知っているかもしれない。あのときのことを)

どうしてもブリジットの記憶は朧げな部分がある。幼い日のことだから、というだけではない。

強い恐怖に彩《いろど》られた記憶からは、細かなところが抜け落ちているのだ。

しかしあの頃からデアーグの傍《そば》に控えていたじいならば、ユーリのことを覚えているのではないだろうか。

どうしてユーリがあの日、応接間に居たのか。

そこで泣き叫ぶブリジットの右手を、握ってくれたのか――。

「部屋、見ますか？」

ロゼがおずおずと訊いてくる。

ブリジットはほんのわずかに逡巡《しゅんじゅん》した。しかし結局は、首を横に振っていた。

「いいえ。今はお母様のことを優先しましょう」

(自分のことやユーリ様のことは、あとにしないと)

そうしないと、たぶん動けなくなる。母の行方を追うどころではなくなってしまう。それだけは避けたい。

「分かりました」

ロゼもそれ以上は何も言わなかった。

二人で廊下を進んでいく。そのあとは幸運なことに誰ともすれ違わず、廊下の奥にある母の私室の前に着いた。

ブリジットの母親――アーシャ・メイデルの部屋である。

閉ざされたドアの鍵穴に、ロゼが鍵をゆっくりと差し込んだ。

伯爵夫人らしく、上品だが落ち着いた内装の部屋だ。必要最低限の家具と調度品だけが並ぶベージュ色の部屋を、ブリジットは見回した。

アーシャが居なくなったのは三日前。

まだそこまで長い時間は経《た》っていないはずなのに、なぜか古い化石を目にしたような気分に陥《おちい》る。

（……生活感が、あまり感じられないからだわ）

アーシャは、デアーグによって屋敷内に留め置かれていたという。

つまり、ここで多くの時間を過ごしていたはず。だのに、この部屋には人の気配が希薄だった。

「ここ最近の義母上は、本当に調子が悪そうで……ほとんど、奥の寝室でばかり過ごしていたんです。おれも最後に顔を見たのは、五日前でした」

それならば、この部屋の様子にも納得がいく。

「じゃあ、寝室から調べてみましょうか」

いつ他の使用人に見つかるか分からない。次はじいのように見逃してはくれないだろう。

ゆっくりと調べ上げる時間がない以上、怪しいところから確認したほうがいい。提案すると、ロゼも同意してくれた。

部屋の奥側にはもうひとつドアがあり、その先は寝室へと繋《つな》がっている。

両親の寝室は別々なので、ベッドはひとり用のサイズの物だ。上級貴族の家では特に珍しいことではないが、それにしても二人はあまり親密とはいえない夫婦だったのだと今では思う。

寝室は薄暗く、どこか寒々しい空気に満ちていた。

「一応、部屋は三日前のままにしてもらっています。何か手がかりがあるかもしれないと思って」

「分かったわ」

ロゼと話しながら、寝室内に踏み出した瞬間だった。

右のポケットが、ぶるるっと大きく震えた。ブリジットの契約精霊が入り込んだポケットである。

「ぴーちゃん？」

呼びかけるが、返事はない。それきりポケットは静かになってしまった。

（あら？）

答えないなんて珍しいと思ったが、今はぴーちゃんに構っているわけにもいかない。

宥《なだ》めるようにぽんぽん、とポケットを軽く叩いてから、さてと寝室内を見回す。

「『ファイア』」

ロゼが素早く初級魔法を唱え、壁際にある二つの燭台《しょくだい》に火を灯《とも》してくれていた。

「ありがとう」

「いえ、大したことじゃ」

ロゼは謙遜するが、ブリジットはまだ小さな炎を出すにも慣れていないのでとても助かる。

さっそく探索に移ろうとしたところで、ふと気がついた。

「蠟燭《ろうそく》、どちらも新しいのね」

「え？　あ、そうですね」

ロゼが目をしばたたかせる。

「そういえば義母上は、蠟燭の火を灯すと怒るのだと侍女がぼやいていました。だから、あまり使ってないのかもしれません」

「怒る？　どうして？」

ロゼが首を捻《ひね》る。侍女の話を思い出そうとしているのだろう。

「確か、『会えなくなるからやめて』と怒鳴るのだとか……」

(会えなくなる？　……もしかして)

ひとつの予感が、ブリジットの胸に芽生える。

ブリジットは窓に駆け寄った。

まず、窓枠や硝子に何か付着していないか調べてみる。ロゼも不思議そうにしながら、同じようにサイドテーブルやランプを見てくれている。

彼の隣をすり抜けて、ブリジットは次にベッドを調べてみた。

ベッドシーツを、じっと観察する。

「あっ」

枕《まくら》についていた毛を、指先でつまむ。

長くて白い毛だ。横から首を伸ばしてきたロゼが、訝《いぶか》しげに呟いた。

「犬の毛でしょうか？」

ブリジットもそう思いかけるが、ふと思い返す。以前、ニバルの実家が経営する牧場に遊びに行ったとき、何匹かの牧羊犬と戯れる機会があったのだ。

そのとき撫でた毛とは、印象がだいぶ違う。

「いいえ。犬の毛よりもっと細いと思う」

先日、神殿を訪問した際は、トナリの契約精霊である猫の姿をした精霊――ケット・シーを見かけてもいる。

「これ、猫の毛だわ」

確信を持つブリジットに、ロゼはきょとんとしている。

アーシャの寝室に白猫が侵入したからといって、何がそんなに重要なのかと思っているのだろう。

しかしブリジットの予想が当たっていれば、それはただの猫ではない。

「たぶん、母が姿を消したのはアルプの仕業よ」

「……アルプ、ですか？」

聞き覚えのない名らしく、ロゼが眉を寄せている。

「アルプは悪妖精《アンシーリーコート》の一種よ。そんなに強い力はないけど、人の夢に這入《はい》り込んで心をじわじわと病ませるの。いろんな動物の姿に化けて、人に近づくって言われているわ。有名なのは鳥や猫ね」

「猫……！」

ロゼがはっとする。

「もしアルプが屋敷内に忍び込んでいたなら、お母様の奇行にも説明がつくの。独り言を言っていたんじゃなくて、お母様はアルプに話しかけていたんだわ。屋敷内を彷徨《さまよ》っていたのは、アルプに幻でも見せられていたのかも。蠟燭をつけたら会えなくなると気にしていたのは、アルプが炎の気を苦手とするから……とか」

アルプは特別な帽子を持っていると言われる。

それは姿を隠したり、人の心に取り入ったりといった、アルプの能力を発揮するのに必要なもの。

その帽子を使えば、アーシャ以外の人間からは姿を隠し通せたはずだ。

「すごい……」

ブリジットの推測を聞き終えると、惚《ほう》けたようにロゼが呟く。

「限られた情報から、それだけのことを分析してしまえるなんて。あ……、ブリジット先輩は洞察力に優れた方なんですね」

「ちょ、ちょっと。大袈裟《おおげさ》よロゼ君！」

「いえ。決して大袈裟なんかじゃありません」

（誰かに買収されてる……⁉）

ロゼが目をキラキラと輝かせて褒め称《たた》えてくれるので、ブリジットはろくでもないことを考えてしまう。この純朴そうな少年を傷つけてしまいそうで、口にはしなかったが。

――実際には、ロゼの言う通り、ブリジットの精霊に関する知識は人並み外れたものだ。

悪妖精は種が多く、それぞれに様々な特性があり、人を騙《だま》したり喰《く》らったりするために多くの策を弄する。少ない手がかりから彼らの正体を看破するのは、並大抵のことではない。

ブリジット本人は、己《おのれ》の知識や洞察力をむやみにひけらかすようなことはしない。精霊博士になるのに必要な知識だと認識しているので、特別なことだとは思っていないのだ。

だが関《かか》わっている精霊の名前さえ分かれば、解決の糸口となる。

まさにそれはトナリたち精霊博士が、人と精霊の間に起こる諸問題を解決するとき辿《たど》っていく道筋と同様だった。

「でも、おかしいわね。アルプが屋敷内に這入っていたなんて大事だわ」

気恥ずかしくて話題を変えたいのもあり、ブリジットはそう口にした。

というのも、それも重要なことだ。ロゼも真剣な顔をして聞き入っている。

「小さい頃に聞いたことがあるの。メイデル家の敷地内には悪いものが這入り込めないよう、結界を張っているって。それにこの家には、イフリートの契約者であるお父様とロゼ君が居るのに」

名高き炎の一族の家なのだ。そう簡単に悪妖精が侵入できるとは思えない。

ブリジットの過ごす別邸にも、炎の気が強いために野良妖精は寄りつかないくらいなのだ。

「いえ、そもそも……お母様の契約精霊であるサラマンダーは、どうして契約者を守らなかったのかしら？」

（中級炎精霊のサラマンダーなら、アルプがお母様に取り入る前に追い返せたはずなのに……）

考え事に没頭するあまり、ブリジットは話の途中、ロゼの表情が軋《きし》んだのには気がつかなかった。

「――それで義母上は、どこに行ったんでしょうか」

ロゼが大きめの声で言う。

ブリジットが目を見開くと、彼は慌てたように頭を振った。

「す、すみません急に」

「いいえ、そうよね。それがいちばん重要なことだもの」

そうだった。今は細かいことを考察している場合ではないのだ。

しかしアルプが関わっているなら、アーシャの行き先に辿り着くための痕跡は消されてしまっているだろう。

（お母様はずっと、屋敷の中を歩き回っていた）

アルプに幻影を見せられたアーシャは、屋敷内ではないどこかに向かおうとしていたのだ。それは、今現在の彼女の居場所だと考えられる。

（お母様にとって、楽しい思い出のあるところ……）

それは、いったいどこだろう。

母について、ブリジットは多くを知らない。知っているのは、彼女がメイデル家の縁戚の家の出身で、サラマンダーの契約者であることを見込まれ、父と政略結婚したことくらいだ。

今よりもずっと子どもだったブリジットにとっては、目の前の母がすべてだった。彼女の過去や家族、出身地について気まぐれで訊ねたこともあったのかもしれないが、交わした言葉も、記憶していることも限られている。

もどかしく感じながら頬に触れたとき、思い出した。

（そういえば……）

夏期休暇中、ニバルに誘われて、ブリジットはウィア家の領地にある牧場へと遊びに行った。ニバルとキーラ、それに急遽《きゅうきょ》参加を決めたユーリと別荘で過ごした時間は短かったが、とても楽しいものだった。

あのとき、ブリジットは思考の片隅に浮かべたのだ。

小さな頃は、よくメイデル家の領地に遊びに行ったものだったと。

「……別荘、とか?」

「え?」

「メイデル家の領地にある別荘よ。ここから南下したところにあって……昔はよく、両親に連れて行ってもらったなって」

地形が関係しているらしく、王都に比べると一年を通して気温が高めの土地だ。

果樹園が多く、ブリジットは領民から色とりどりの果物も食べさせてもらった。あの別荘に行くと母はよく笑い、たくさんの時間をブリジットと過ごしてくれた。そんな、懐かしい思い出の眠る土地だ。

ロゼの同意も得られるかと思ったが、返ってきた言葉は淡泊なものだった。

「それなら、父に領地視察の勉強として連れて行ってもらったことがあります。それに確か、母の実家も近いのでしたね」

思わず、ブリジットは絶句してしまう。

(この子は……)

義弟は、メイデル家に引き取られてから幸せな日々を送っているだろうと漠然と思っていた。

それなのに灰色の瞳には、家族との記憶を温かく振り返るような色はなかった。

ブリジットが口出しできる問題ではない。そう分かっているのに、鉛を呑み込んだように胸が重くなった。

「……ロゼ君。三日前、母は家の馬車を使っていたの?」

馬車ならば、半日も馬を走らせれば到着する距離だ。だが、ロゼは首を横に振る。

「いいえ。馬車を使った形跡はありませんでした。だから、まだ近くに居るかもしれないと思ったんですが」

それなら、アーシャは辻《つじ》馬車を何度も乗り継いで目的地に向かったのかもしれない。人知れず旅立ったのが三日前だというなら、さすがにもう到着している頃だろう。

（駅舎で目撃情報を当たっている場合じゃないわね）

「別荘に行ってみましょう。お母様が本当にアルプに魅入られて姿を消したなら、早く連れ戻さないと大変なことになるわ」

アルプは人の精気を吸い取る悪妖精だ。

母がいつから魅入られていたのかは分からないが……密《ひそ》かに屋敷を抜け出した時点で、かなり危険な状態なのは間違いない。

急いで母の部屋を出る。幸い、他の使用人と出会《でくわ》すこともなく裏口まで戻ってこられた。

「おれは出発前に、鍵を返してきますね」

「ええ、任せぶっ」

ブリジットは立ち止まったロゼの背中に激突した。

痛む鼻を擦りつつ、どうしたのかとロゼの見ているほうに目を向ける。

「シ――エンナっ？　それにクリフォード様まで……」

並んで立っている侍女と侍従が、お辞儀をしてくる。

後ろに下がる二人とは逆に、進み出てきたのはユーリだった。

「…………」

どうしてユーリがここに居るのだろう。

固まるブリジットを、じろりと黄水晶《シトリン》の瞳が見下ろしてくる。

いつも以上に迫力を感じ――それと先日の気まずさもあり、反射的にブリジットはロゼの背中へと隠れていた。

「アニェウッ」

驚いたのか、ロゼが何やら珍妙な悲鳴を上げる。しかし申し訳ないが、この場は盾になってもらいたい。

必死の思いで彼の制服にしがみつくと、その両手をじっとユーリが見つめている。

(ど、どうして……？　ますます怖い顔になってるんだけど！)

「シエンナ嬢から大まかな事情は聞いた。で、何か分かったのか」

怯《おび》えていると、ユーリが口を開いた。ほとんど尋問の口調だ。

「ええと、それはですね……」

ロゼに任せては気が引ける。恐る恐る、ブリジットは説明することにした。

――悪妖精のアルプが、母の失踪に関わっているかもしれないこと。

――母の行く先は、メイデル伯爵家の領地ではないかと推測したこと。

短い説明を聞き終えたユーリが、「分かった」と頷く。

分かったとはどういうことかと思っていると、彼のすぐ近くの空間が歪《ゆが》む。

その中から颯爽《さっそう》と飛び出してきたのは氷狼――フェンリルのブルーだ。

太い四本足で地面に降り立った獣に、颯爽とユーリが跨《また》がる。額縁に飾りたいほど様になっている姿に、状況を忘れてブリジットは見惚《みほ》れてしまった。

「ブリジット。行くぞ」

「……えっ？」

目を白黒させるブリジットに、ユーリは不機嫌そうに顎をしゃくって言う。

「だから、お前の母親を捜しに行くんだろう？　馬車では半日掛かる。ブルーを貸してやってもいいと言っている」

言い方は相変わらず高圧的だが、つまり力を貸してくれるらしい。

フェンリルは、凍った大地を群れで疾走する精霊。気性の獰猛《どうもう》さで知られるが、同時にそのスピードに追いつける精霊は居ないとされるほど、俊足で名を轟《とどろ》かす存在だ。

ユーリの言葉の意味を認識したとたん――ブリジットは、ぱぁっと目を輝かせていた。

「も、もしかしてわたくしも、ブルーに乗っていいということですのっ⁉」

「そうだと言っている」

『え？　ボクはいやなんだけど……』

なんということだろうか。天にも舞い上がりそうな心地で、ブリジットは伊達眼鏡を外すなりブルーに駆け寄った。

嬉しさのあまり、ブルーの文句もまったく耳に入っていない。

「アネッ、ブリジット先輩⁉」

裏切られたと言いたげにロゼが声を上げるが、今のブリジットはお構いなしだ。

こんな機会は滅多《めった》にない。ユーリに感じていたはずの気まずさは、その時点で頭からすっぽりと抜け落ちていた。

（だってだって、最上級精霊に乗れるだなんて～！）

ふん、と勝ち誇ったように口角をつり上げるユーリ。

唖然《あぜん》とするロゼに、クリフォードが「大人げない主人ですみません」と頭を下げている。

ブリジットは夢中で、しゃがみ込んだブルーの上に跨がった。長い毛は手触りが良く、乗り心地も十全そうだ。

駆け寄ってきたシエンナが、お仕着せの上から厚手のコートを羽織らせてくれる。

「お嬢様。道中は冷えるかと思いますので、こちらを。内側と外側のポケットに、それぞれカイロを入れております。暑くなってきたら捨ててください」

「ありがとうシエンナ！」

「では、オーレアリス様のお腰に手を回してください」

「ありがとうシエンナ！」

言われた通り、大人しく目の前の腰に手を回すブリジット。

そうしてから、ようやく正気に戻った。

（こ、これじゃあ……ユーリ様に、後ろから抱きついてるも同然じゃないのっ⁉）

しかし手を離す前に、ユーリに先回りされてしまう。

「振り落とされるぞ。もっとしっかりしがみつけ」

「…………っは、はい」

そう言われては大人しく従うしかない。力を込めて、ユーリの胴に手を回す。

細くて羨《うらや》ましいなんて密かに思っていたのに、両手でぎゅっとしがみついたところで、初めて分かった。

（私とは、ぜんぜん体格が違う……）

男の人なのだから、当たり前かもしれないけれど。

実感すると、じんわりと頬が熱くなっていく。身体まで火照ってきて、密着しているユーリに気づかれているかと思うとますます居たたまれない。

赤くなって俯くブリジットの鼻腔《びこう》を、ユーリの香水の香りがくすぐる。いやがらせ交じりにぐりぐりと頭を背中に押しつければ、なぜだかユーリは機嫌良さそうに笑ったようだった。

「よし、出発するぞ」

しかしそんなユーリの言葉に、抗議の声を上げた者が居た。ロゼである。

「まっ、待ってください！　あの、おれは⁉」

「残念ながら二人乗りが限界だ」

『うんっ？　ますたー、ボク三人でも――』

「ブルー、無理をするな」

ブリジットは唖然とした。それがユーリが発したものとは思えぬほど、労《いたわ》りに満ちた声音だったからだ。

（き、聞き間違い？　幻聴？）

しかしブルーは感極まったように、大きな身体を震わせている。

『ますたー……！　うん、ボク二人乗せるのが限界！』

「ちょっと！　今、事実をねじ曲げませんでしたっ？」

「なんの話だ。精霊を労るのは契約者として当然だろう」

文句をつけるロゼにも、ユーリは聞く耳を持たない。

ブルーはうんうんと納得深げに頷くと、一際《ひときわ》大きな声で言い放った。

『ブスのほうは超重いしな！　三人乗るより重いや！』

「は……、はあああっ⁉　ちょ、ちょっとブルー！　聞き捨てならないんだけど⁉」

とんでもない暴言にブリジットは真《ま》っ赤《か》になった。男性陣の前でなんてことを言うのだ。

気まずげに黙ったロゼに、クリフォードが声をかけている。

「オーレアリス家の馬車を出しますので、ロゼ様は我々と共に向かいましょう」

渋々ロゼが頷いたのを見届けると。

『それじゃ、しゅっぱつしんこーう！』

呑気《のんき》な号令と共に、ブルーが後ろ足をぐっと引き、勢いよく走り出す。

――想像を絶するスピードに、ブリジットは悲鳴を上げたのだった。

◇◇◇

「……い。おい。大丈夫か？　ブリジット」

（…………はっ）

軽く頬を叩かれ、ブリジットの意識は急浮上した。

目を開ければ、目の前には薄闇《うすやみ》が広がっていて――そんな景色も急加速的に、ごうと唸《うな》りながら後ろへと流れていく。

全身に風を浴びて、ブリジットはようやく思い出す。

跨っているのはフェンリルの背中。行き先はメイデル伯爵家の領地である。

見慣れない景色を見るに、どうやらかなりの距離を進んできたようだが、出発してからの数分間しか記憶にないとはどういうことか。

冷や汗をかきつつ、オホホとブリジットは笑ってみせた。

「わたくしとしたことが。スピードに驚いて、ちょっとだけ居眠りしちゃったのかしら？」

「そうか。人はそれを失神と呼ぶが」

（穴があったら入りたい！）

精霊博士を目指すと豪語しておきながら、フェンリルの背中で意識を失っただなんて、あまりにも恥ずかしい。

心の中で身悶《もだ》えするブリジットを、ユーリが軽く振り返ってくる。

「だが、それでも手は離さないから驚いた」

「……えっ」

「危ないから位置を入れ替えようとしたが、すごい力でしがみつかれていて解《ほど》けなかったんだ」

ユーリは淡々と教えてくれるが、聞いている間にもブリジットは羞恥心でどうにかなりそうだった。

このまま詳細を語られては堪《たま》らないと、必死の思いで口を開く。

「あの、でも……っ、つ、次こそは！」

「次？」

「次こそは必ずや、立派に乗りこなしてみせますから！」

ぐっと拳《こぶし》を握って宣言する。振り返ったまま、ユーリはぽかんとしていた。

「また乗るつもりか。もしかして帰りも？」

「帰り――。え、ええっ、そうですわね。帰りこそ頑張りますわ！」

言い張れば、ユーリが瞳を柔らかく細める。

伸びてきた腕が、頭に被ったキャップごと髪の毛をくしゃりと撫でた。

「やめておけ。無理をしないで、大人しく馬車で帰ればいい」

言外にお前には無理だ、と諭されている。

でもそれは呆《あき》れではなく優しさだと、見つめ合う瞳の温度が伝えてくれていた。

それだけで胸が高鳴る。その音は、風の音に紛れて聞こえなかったはずだ。

「……くしゅっ」

ユーリが小さなくしゃみを落とした。

はっとする。吹いている風は生ぬるいといっても、ここまでずっとユーリは風を浴びていたのだ。体温はかなり奪われてしまったことだろう。

「ユーリ様。寒いんですの？」

「そうだな。少しだけ」

あっさりと同意するあたり、本当に寒いのだ。

ブリジットはおっかなびっくりユーリの腰から片手だけ離すと、シエンナが持たせてくれたカイロをポケットから出した。

薄い布包みに入っているのは炎の魔石だ。それごとユーリに差し出す。

「これをお使いください。少しはましになるかと」

「…………」

しかしそこで信じられないことが起きた。

ユーリはカイロを持ったブリジットの手ごと、自らの手で包み込んでしまったのだ。

「ひぇっ」

予想外の行動に驚いたブリジットは奇声を上げてしまうが、ユーリはどこ吹く風である。

「このほうが温かい」

「そ、っれは、そうかもしれませんけど！」

「子どもは体温が高いというし」

（子どもって！）

ばかにしているのかと抗議のつもりで見上げるが、ちらりと見えた口元には楽しげな笑みが浮かんでいた。

それで何も、文句は言えなくなる。ドキドキして黙り込むだけでいっぱいいっぱいだ。

たまにしか見られないその表情に、甘い自覚はあるのだが。

『ますたー、もうすぐだよー』

到着が近いことを告げる能天気な声に、ブリジットは気を引き締めた。

ブルーは少しずつ速度を落としていって、やがてゆっくりとその足を止めた。

跨がるときと同じくしゃがみ込んでくれたブルーの背中から、ユーリに続いてブリジットは降り立つ。

「メイデル伯爵家の領地はこのあたりだな？」

「……ええ、そうです」

周囲を見回しながら頷く。ブリジットが気を失っている間に、ユーリがブルーに方向の指示をしてくれていたのだろう。

遥《はる》かに見える稜線《りょうせん》は、そのほとんどが群青色の空に溶け込みつつある。空と月の位置から見るに、出発から二時間も経っていないようだ。

空気には、甘い果物の香りが乗っている。

果樹園が続く中、少し歩くと、見えてきた丘の上に伯爵家の別荘があった。

領主の所有である別荘の周りには、建物が少ない。領民たちの暮らす民家は、森の近くに点在しているのだ。

人の姿は見当たらず、秋の虫がさざめく声だけが夜の帳《とばり》を彩っている。

「さすがフェンリルね。こんなに早く到着できるなんて」

『ふんっ、そうだろ？　まぁ、ブスがもうちょっと軽かったらもっと早く――』

生意気を言うブルーのほっぺを、ブリジットは両側に向かってみょーんと伸ばした。

ものすごいアホ面である。ふふ、と勝った気分でにやにやしていると。

『にゃにしゅるんら！』

「ぎゃ！」

容赦のない反撃に遭った。ブルーが顔面に砂をかけてきたのだ。

取っ組み合いの喧嘩《けんか》でも始める勢いのひとりと一匹だったが、「うるさいぞ」とユーリに注意されて静かになる。

「伯爵夫人は、別荘のほうに居ると思うか？」

ユーリに確認され、ブリジットは別荘を見上げた。

「……明かりが灯っていませんから、考えにくいと思います。母は屋敷内でも、蠟燭の炎すらいやがっていたようですし」

　家屋の中に居ないとしたら、候補となる場所は限られてくる。

「近くの森の中かもしれません。わたくしが幼い頃は、よく母と一緒にこのあたりの森を散策したんです」

　それから小声で付け足す。

「一度だけ、迷い込んで……迷子になって、叱られたこともありますが」

「昔からじゃじゃ馬なのは変わらないな」

　その通りなので、悔しいが言い返せないブリジットである。

「何か、メイデル伯爵夫人の私物は持っていないか？」

「私物、ですか？」

「ブルーなら、夫人のにおいを辿って追えるはずだ」

　ブリジットはちょっぴり悔やんだ。それなら、アーシャの私物を何か持ってくれば良かった。

　だが発見したアルプの毛なら持っている。念のため手巾に包んでいたのだ。

「これはどうでしょう？」

　ブルーが寄ってきて、手巾の上でぴくぴくと鼻を動かす。

『うえっ。なんかいやな気配、感じるんだけど』

　悪妖精のにおいを鋭敏に感じ取ったようで、ブルーはしかめ面になっている。

「我慢しろ」

『はぁい……』

においを嗅ぎ終えたブルーが、森の方角に向かってのそのそ歩き出す。

ユーリとブリジットは顔を見合わせ、頷いた。

「とりあえずついていってみよう」

「分かりました」

ブルーは地面を嗅ぎながら進んでいく。

星明かりだけに照らされた森の中は暗く、不気味でさえあった。

昼間とはかなり印象が違う。しかしそんな様相を、小さい頃に一度だけブリジットは目にしたことがある。

（小妖精たちが泉のほとりで宴会をするって教えてもらって、参加してみたくなったのよね……）

夜になってから別荘を抜け出し、ひとりで森に入ってしまったのだ。

結局、泉まで辿り着けずに泣いていたら、アーシャが捜しに来てくれて――たくさん叱られたけれど、最後にはブリジットを抱きしめてくれて、手を繋いで別荘に戻ったのだ。

だが、アーシャは微精霊と契約したブリジットのことを心底憎んでいたはず。

ロゼとは一度も別荘に行っていないようだったし、そんなアーシャにとって、この森に大した思い入れがあるとも思えない。

（それなのに……）

ブリジットの予感は、アーシャがこの先に居ると告げていた。

森の中を二人と一匹は進んでいく。

そう深い森ではないはずなのに、しばらく歩いているうちに、それまで聞こえていたはずの虫の鳴き声や、妖精の話し声も聞こえなくなった。

森や小川の近くといった緑豊かな場所は、小妖精たちが好んで寄りつくものなのだが。

(アルプが這入り込んでいるせいかしら?)

悪妖精を警戒し、多くの妖精が姿を隠しているのかもしれない。

警戒しながらブルーの後ろをついていくと、すぐ背後から茂みが揺れる音がした。

「きゃっ」

驚いたブリジットは勢いよく飛び退《の》く。

何かと思えば、丸まった尻尾《しっぽ》の生き物が逃げていくのが目に入る。大きさからして、リスか何かだろうか。

(脅かさないでほしいわ、もう……!)

ふぅと息を吐いたところで、我に返る。

ぴょんと跳ねたブリジットの肩と腰を、ユーリの手が支えていた。

「す、すみません!」

「お前はいつも危なっかしい」

(うっ)

やっぱり、悔しいが言い返せない。

赤くなるブリジットの手を、ユーリが何気なく握りしめる。

「足元に気をつけろ」

「……っ、はい」

どうやら呆れられているわけではないらしい。

ユーリに手を引かれ、ブリジットは舗装されていない道を歩いて行く。それから間もなく、ブルーがこちらを振り返った。

『ますたー。ここ、ニンゲンっぽい足跡がある』

駆け寄れば、ブルーが鼻先で示す地面がぬかるんでいる。

このあたりだけ地盤が緩いのか、泥の中に足跡がついている。その跡は、森の奥側へと向かっていた。

『においはまだ濃いから、近くに居るかも』

ブルーがそう言うのなら、この足跡の持ち主はアーシャなのだろう。

ひとっ飛びでぬかるむ斜面を乗り越え、ブルーは進んでいく。

ブリジットもついていこうとした。借りたお仕着せに泥を跳ねさせるわけにはいかないので、少し助走をつけようと後ろに下がる。

しかしそのときだった。

「ひゃあっ！」

ブリジットは甲高い悲鳴を上げた。

それも当然である。身体がふわりと宙に浮いたかと思えば、横抱きにされていたのだから。

「跳ぶぞ、ブリジット」

首にしがみついたブリジットが、返事をする間もなく。

ブリジットを抱きかかえた本人であるユーリが、軽々とジャンプをした。

(うひゃああっ⁉)

次は悲鳴を上げる余裕もなかった。というか口を開いていたら、舌を噛《か》んでいたかもしれない。

ユーリは軽《かろ》やかに着地してみせて、何事もなかったようにそのままブルーを追う。

――ブリジットを両腕に抱いたまま。

(しっ、心臓おかしくなりそうっ、なんだけど！)

背中と膝裏に回された手の大きさに、クラクラする。

たぶんユーリは、おっちょこちょいなブリジットが転ぶかもと憂慮したのだろう。それで気遣って、わざわざこうして抱きかかえてくれて……と納得してはいたが、気恥ずかしさは拭えない。

照れ隠しにブリジットは唇を尖らせる。

「お、重いでしょう」

「どこが」

真顔で返されれば、じんわりと頬に熱が灯る。

ブルーに重い重いと文句をつけられて、自分でも意外なことにけっこうショックを受けていたらしい。

食事量を減らすべきかとか、お菓子を控えめにすべきかとか。わりと真剣に検討していたのだけれど、ユーリがそう言うなら、まぁいいかと思える。

「……今日のユーリ様って、わたくしの心臓を止めるつもりだったりします？」

「どういう趣味だ、それは」

ふざけたことを問えば、ユーリが溜め息を吐いた。

それなのに声音は穏やかだった。自然と彼の胸に左手を当てていたブリジットは、ふと気がつく。

手のひらの下で脈打つ音が、激しいことに。

（ユーリ様も、ドキドキしてるの……？）

もっとちゃんと確かめたくて、胸板に置いた手に意識を集中する。

それで確信した。

やっぱり、どくどくと速いスピードで鼓動を鳴らしているのはユーリの心臓だ。

（私よりも、速い？）

目を閉じて、ユーリの首元に頬擦《ほおず》りをする。もっと深く、彼の音を聞いてみたかったのだ。

その仕草が恋人に甘える少女のそれのようだと、夢中になるブリジットはまったく気がついていなかったが。

「――ブリジット」

掠《かす》れた声で囁《ささや》かれて、どきりとした。

ブリジットの耳元に唇を寄せたユーリが、ひっそりと続ける。

「ブルーが何か見つけたようだ。下ろすぞ」

「は、はい。ありがとうございます……」

どうにか返事をする。ユーリは丁重な手つきで、ブリジットを下ろしてくれた。

前を歩いていたブルーが立ち止まっていた。茂みに低い姿勢で四つん這いになり、前方を注視している。

ブリジットたちも足音を殺して、そんなブルーに近づいていく。

茂みに隠れて、そっと顔を出してみる。ブルーが見ているのは小さな泉だ。

（これ、私が昔、行こうとした……）

幼い頃の記憶をたぐり寄せながら、見回してみたときだった。

泉のほとりに、人が倒れているのに気がつく。

赤茶色の髪の毛の女性。仰向《あおむ》けに倒れるその姿を見たとたん、ブリジットは目を見開いていた。

（お母様！）

飛び出すブリジットを、ユーリたちは止めなかった。

アーシャに駆け寄り、傍《かたわ》らに膝をつく。意識はないようだが、わずかにその胸は上下していた。

安堵すると同時にブリジットが驚いたのは、アーシャがひどく痩せていることだった。

顔は土気色で、地味なドレスの裾《すそ》から覗く手足も棒のように細い。そのせいか、記憶にあるよりもずっと年を取ったように見えた。

『おまえは、だれダ』

さらさらと水の流れる音に紛れて、その不気味な声は響いた。

ブリジットが素早く顔を上げると、泉の淵《ふち》に座ったそれが、まっすぐにこちらを射抜く。

身体が青白く発光している、亡霊じみた白猫。

悪妖精アルプの化けた姿だった。

爛々《らんらん》と光る両目が、ブリジットをじぃっと見つめる。その首についた首輪の鈴が、ちりんと鳴った。

背筋に薄ら寒いものを覚えながらも、ブリジットはアルプを気丈に睨みつけた。

とんとん、とお仕着せのポケットを軽く叩きながら、口を開く。

「あなた、アルプね？　この人に何をしたの？」

『――夢、食ベタ。たくさん』

どこかぎこちないが、アルプは人の言語を用いて言葉を返してきた。

『見たいもの、夢の中デ見せてやっタ。人間、欲のかたまり、だからラ』

尖った牙《きば》を剝《む》き出しにして、喉奥《のどおく》でアルプが低く笑う。

よくよく目を凝らすと、アルプは先ほどから白い靄《もや》のようなものを吸い込んでいる。それは眠るアーシャの口から漏《も》れ出ているものだった。

アルプは今もアーシャの精気を吸っている。彼女が目を覚まさないのはそのせいだ。

（どうしよう）

ブルーたちを頼り、アルプを攻撃させることはできる。だが精霊同士で攻撃し合っても、その魔法効果は薄いとされている。人と違って、精霊は同胞を傷つけるための力を使わない生き物なのだ。

無論、ブリジットだってそんなことはさせたくない。

(私やユーリ様が、アルプを攻撃することもできるけど……)

魔法であれ剣であれ、精霊を殺す術はないとされている。

アルプを一時的に追い払うことはできるかもしれないが、それでは意味がない。再びアルプは戻ってきて、アーシャの精気を延々と搾り取ってしまうだろう。

つまりアルプに、この場でアーシャを諦《あきら》めさせなければならない。

必要なのは〝交渉〟だ。精霊は交わした約束事を破ることはない。悪妖精だろうとそれは変わらない。

(大丈夫。……大丈夫よ。私は、精霊博士を目指しているんだから!)

震えそうになる膝を叱咤《しった》して、ブリジットは毅然《きぜん》と立ち上がった。

ブリジットがアーシャに嫌われていることは、今は関係がない。

ただ、精霊に苦しめられる人のことは救わなければならない。それは精霊博士の役目のひとつだ。

その思いでアルプを指差し、まず要求を伝える。

「アルプ。この人を、解放してちょうだい!」

『いやダ。ほしいなら、身代わり寄越セ』

口端からこぼれかけた涎《よだれ》を、じゅるりとアルプが吸い上げる。そのギラつく目は食い入るようにブリジットを見つめている。

『女。身代わりは、若い人間の女ダ！』

世にも不気味な顔でギャギャギャッ、と笑うアルプ。

それを引き気味に見つめながら、ブルーがぼそりと言った。

『ブス。身代わりになってやれば？』

（ちょっと！）

ブリジットはぎろりとブルーを睨んだ。悪妖精の要求を率直に呑むのがどれほど危険なことか、ブルーもよく分かっているだろうに。

するとユーリが変なところに食いついた。

「ブルー。そんな風に呼ぶんじゃない」

『えっ！　……ご、ごめんなさい、ますたー』

まさか敬愛する主人に叱られるとは思っていなかったのだろう。

しゅんとブルーが俯いてしまう。毛並みのいい自慢の尻尾まで、力なく垂れ下がっていた。

（なんだか可哀想《かわいそう》かも）

あまりに悲しげなので同情していたら、ブルーがブリジットを上目遣《うわめづか》いしてきた。

『じゃあ…………ブリ』

「ブリ⁉」

奇天烈《きてれつ》なあだ名をつけられ、思わず復唱してしまうブリジット。

でもブス呼ばわりされるよりはましな気もする。いや、どうだろうか。微妙な線だ。

『どうしタ。身代わりは決まったカ？』

苛立《いらだ》ったようにアルプが催促してくる。

そのとき、ブリジットの頭に閃きが走った。

（――そうだ）

単なる思いつきだ。だが、試してみる価値は十分にある。

真面目《まじめ》な顔を作って、ブリジットはアルプに頷いてみせた。

「分かった。わたくしが身代わりになるわ」

『はぁっ⁉　おまえ、本気か？』

馬鹿《ばか》正直にそんなことを言い出すとは思っていなかったのだろう、ブルーが慌てている。

しかしブリジットは悲しげに首を振ってみせ、「ええ、本気よ」と肯定してみせた。

胸に手を当てて、高らかに宣言する。

「身代わりになるのは、このわたくし――ブリ・メイデルよ！」

（はっ……恥ずかしい！）

ブリジットはわけのわからない名前を真顔で名乗ってみせる。ここで噴き出してしまえばすべてが水の泡なのだ。

熱い演技の甲斐《かい》あってか、アルプはあっさりと納得してくれた。

『いいだろウ。娘、こっちに来イ』

「分かったわ」

緊張しながら、ブリジットはアルプに向かって歩き出した。

泉を迂回《うかい》するように歩いて行く。舌なめずりをして、アルプはブリジットの到着を待ち受けている。

ブルーはおろおろと戸惑いながら、そんなブリジットとアルプを見比べている。

『ますたー。ブリが変なこと言っ――むぐぅっ』

大きな顎を摑《つか》んで、ユーリがブルーを黙らせる。

ユーリはとっくにブリジットの意図に気がついているようだ。しかしブルーはそんな主人の手さえ振り払うと、

『アルプ、やめろぉっ！　ブリを連れてくなっ、ばかばかばか！』

そう喚《わめ》きながらブリジットに追い縋《すが》ってきた。

驚いて、ブリジットは振り返る。

「ブルー……」

それは演技ではあり得なかった。悲しげな叫び声は、足を止めるのに十分な理由だったのだ。

だが既に契約は成立している。最上級氷精霊のフェンリルであっても、ブリジットをアルプから取り返すことはできない。

弱ったブルーは駆け戻り、ユーリの制服の裾に嚙みついている。

しかしユーリは微動だにしない。そんな主人にブルーは必死に訴えかけている。

『ますたー、ブリが連れてかれちゃうよぉ！　ますたーってば！　うわぁん、やだやだやだぁ！』

「ブルー、あなた……」

ブリジットは息を呑む。

（あなた、本当はすっっごく、私のこと好きなんじゃないの……）

指摘したいのは山々だったが、そこはぐっと堪える。

再び、ブリジットは歩を進めた。ブルーはうぉんうぉん鳴いている。そんな悲劇の光景を前に、アルプだけは楽しそうに笑っている。

そうして、アルプに手が届くほどの距離に近づいた瞬間――ブリジットは自らの契約精霊の名前を、鋭く叫んだ。

「今よ、ぴーちゃん！」

ブリジットの呼びかけに応えて、ポケットから飛び出してきたのはぴーちゃんである。

『ぴぎゃー！』

勇ましく、ぴーちゃんがアルプに飛び掛かる。

そんなところに精霊が潜んでいるとは思っていなかったのだろう。アルプは驚いたようだったが、炎に包まれたぴーちゃんはフェニックスの姿に変化すると、アルプの首輪を嘴《くちばし》で奪い取った。

アルプの――白猫の表情が、大きく歪む。

『返セ！』

怒鳴るアルプだが、宙を舞うぴーちゃんには届かない。

森の中を低く旋回したぴーちゃんは近くの枝に止まる。

駆け寄れば、咥《くわ》えたままの首輪をブリジットの手に落としてくれた。

「ありがとう。偉いわ、ぴーちゃん」

褒めてやると、ぴーちゃんが全身から力強い炎を噴き出した。

（炎を灯すと、『会えなくなるからやめて』と母は言っていたそうだもの。やっぱり、アルプは炎が苦手なはず！）

だが、アルプはぴーちゃんからはどうでも良さそうに視線を逸《そ》らすと、首輪を持つブリジットを睨みつける。

（あら⁉）

当てが外れたのはブリジットだけではなかった。

ショックそうにぴーちゃんが震え、しおしおと萎《しお》れていく。

『……ぴ……』

たちどころにひよこの姿に戻ったぴーちゃんは、ポケットの中に静かに戻っていった。

目の前では、アルプが怒りのあまり牙を剝き出しにしている。

『そうカ。お前……ブリジット・メイデル。アーシャの娘だナ⁉』

（バレた！）

ぎくりとするブリジットだが、今さら正体が知られたところで困ることはない。

なぜなら、ブリジット・メイデルは――アルプとは、なんの契約も交わしていないのだから。

「ええ、そうよ。でもアルプ、あなたがアーシャの身代わりに連れて行けるのは、ブリ・メイデルじゃなかった？」

『………』

アルプが悔しそうに黙る。

それをいいことに、ブリジットは手にした首輪をちらつかせた。

「そしてあなたが着けていたのは、あなたが力を発揮するための帽子……それが首輪に変じた姿かしら。これがなければ、あなたは力を発揮できないわよね」

魔法を使うための帽子を、アルプは肌身離さず持っている。

しかし猫の姿で帽子を被っていたら落としてしまうから、首輪に変えて着けていたのだろう。そう気がついて、ブリジットはぴーちゃんにあれを奪ってほしいとお願いしていたのだった。

アルプの発する怒りの気配が膨れ上がるが、もはやそれは恐るるに足りなかった。

「帽子は返すわ。その代わり、あなたは二度とアーシャ・メイデルに近づくことはできない。約束してくれる？」

『………分かっタ』

命より大切な帽子を失うわけにはいかなかったのだろう。

ブリジットが首輪を差し出せば、アルプは近寄ってきて、それを猫の手で掴み取った。

悔しそうに、最後に呟く。

『契約、成立ダ』

その姿は、静かに靄の中へと消えていく。

精霊は約束を違えることは絶対にしない。これでもう、アルプがアーシャに付きまとうことはなくなったのだ。

「見事だった、ブリジット」

振り返ると、すぐ後ろにユーリが立っていた。アルプが逆上したときに備えていたようだ。

ブリジットは首を横に振る。

「いいえ。ユーリ様のおかげですわ」

呼び水となったのは彼の行動だ。

(わざとブルーに、アルプの前で私のあだ名について文句を言った)

あれはブルーが、素直にブリジットと呼び直さないことを想定しての発言だったのだ。

そのおかげで、ブリジットはアルプに怪しまれずに偽名を名乗ることができた。ユーリの機転には本当に驚かされる。

しかしユーリは平然と言う。

「僕は何もしていない。アルプとの交渉に成功して、母親を救ったのはお前自身だろう」

それが本心からの言葉だと分かったからこそ、ブリジットは訊いてしまう。

「わたくし、それなら……ほんの少しは、精霊博士らしかったでしょうか?」

「ああ。ほんの少しは」

ユーリがうっすらと笑う。

そんな意地悪な褒め言葉がどれほど嬉しかったか——きっと、ユーリ本人には分からなかっただろうけど。

ブリジットは、はにかんで言葉を返した。

「ありがとうございます、ユーリ様」

『……ねぇ？　ボクはいろいろ、納得いかないんだけど～？』

そこに声を投げてきたのはブルーだ。アーシャの近くでムッとした顔つきで蹲《うずくま》っている。

自分が利用されたのにようやく気がついたらしい。先ほどまでの取り乱しっぷりを思い出すと、ここでからかうのは悪いと思い、ブリジットは素直に頭を下げた。

「ブルーもごめんなさい。ところであなた本当は、わたくしのこと大好きなんじゃ——」

『あっ、ますたー！　このニンゲン、目を覚ましそうかも！』

分かりやすく遮《さえぎ》られたが、それよりもその内容のほうが重大だった。ブルーの言う通りアーシャがうっすらと目を開けていたのだ。

大量の精気を吸い取られた直後だからか、ぼんやりしているが、見つめているうちに目が合った。

ひび割れた唇が、わずかに動く。

「……ブリジット」

（お母様……）

そう呼ぼうとするが、喉から声が出てこない。

思わず喉を押さえる。

ブリジットの躊躇《ちゅうちょ》を、アーシャは察したのだろうか。悲しげに微笑むと、そっと訊いてくる。

「会いに、来てくれたの？」

沈黙するブリジットに、アーシャは苦しそうな笑顔のまま言う。

「あなたに会いたかったから、ずっと火を使わなかったのよ。ブリジット」

（……え？）

「悪いお母さんで、ごめんなさい」

言葉の意味を聞き返そうとする前に、アーシャは目を閉じてしまった。

それでようやく、ブリジットは口を開き直す。

「お、お母様……？」

「大丈夫だ。疲れて眠っているだけだろう」

震える声で呼びかければ、間髪を容れずユーリが教えてくれる。

ユーリの言う通り、数秒が経つと、安らかな寝息だけが聞こえてきたのだった。

第四章　姉と弟

眠り込むアーシャを連れて森を出る頃には、空は白み始めていた。

白い靄《もや》の漂う森は、人間界というより精霊界に近い空間だったのだろう。精霊界の時間の流れは、人の住む世界とは大きく異なっているのだ。

「あっ……ブリジット先輩！」

名前を呼ぶ声に振り向くと、ちょうど馬車を降りたロゼが駆け寄ってきていた。御者台には手綱を握るクリフォードと、シエンナの姿もある。

ロゼはユーリがおぶったアーシャを見るなり表情を緩め、何度もお礼を言ってきた。

ブリジットたちは近くに住む管理人から鍵《かぎ》を受け取り、しばらく別荘で休ませてもらうことになった。アーシャを休ませる意味もあったし、全員疲弊していたのだ。

本邸にも早馬で、アーシャ発見の報《しら》せを送ってもらった。別荘に居る間はクリフォードとシエンナが身の回りのことを取り仕切ってくれた。

その翌日の朝。

眠ったままのアーシャを置いて、ブリジットたちは王都へと戻ることになった。明日は登校日のため、三人揃《そろ》って欠席するわけにもいかなかったのだ。

それに明日は神殿からリアムとトナリが来て、ぴーちゃんの能力を調査する日でもあった。

アーシャの世話役としてはシエンナと、クリフォードも残ってくれることになった。

元はといえば部外者であるクリフォードにこれ以上の迷惑はかけられないと思ったのだが、彼の主であるユーリが問題ないと言ってくれたため、厚意に甘えた形だ。

(本当は、お母様と話をしたかったけど)

ブリジットは、アーシャの真意を確かめたかった。

十一年前の記憶では、アーシャはブリジットに恨み言を吐いてばかりいた。

それなのに昨日、意識を失う前はこう言った。ブリジットに会いたかったから、ずっと火を使わなかったのだ――と。

(私がお父様に、火傷《やけど》を負わされたから?)

だとしたら、アーシャはブリジットを恨んでいるわけではないのかもしれない。

それを知るためにも話をしなければと思った。昔は、きっとこんな風には思えなかっただろう。

でも今は、怖くても向き合いたいと考えている。

(それに家に帰ったら、マフラー編まなきゃ!)

建国祭は今週末に迫っている。

ユーリに贈るマフラーも仕上げのときだ。シエンナが傍《そば》に居ないのは心細いが、ひとりでもなんとかやり遂げたい。

それは同時に、本邸に戻れという父の命令に、答えを出す日が迫っているということだが――。

「伯爵家の人間のくせに、お前は馬も扱えないのか」

「いいえ！　今回はオーレアリス先輩の腕前を拝見したいなと思ってるだけです！」

「後輩なら後輩らしく、少しは先輩の役に立ったらどうだ？」

「かっこいい先輩の姿を見れば、おれも心から尊敬できるかもしれません！」

（ええっと……）

ブリジットは考え事を中断した。傍《かたわ》らで、やかましい言い争いが勃発しているのである。

この二人は、顔を合わせるたびにこんな調子なのだ。

今日は、帰りの馬車の御者をユーリとロゼのどちらが務めるかで揉《も》めているらしい。シエンナとクリフォードが別荘に残るため、必然的に三人の中から御者を決めなくてはならないのだが。

ブリジットは、玄関前で火花を散らすユーリとロゼに近づいていった。

「あの、そんなにいやなら、わたくしが御者を」

「その必要はない」

「その必要はありません」

気を遣って申し出たのに、きっぱりと断られる。こういうところばかりはやたら息が合っている二人だ。

（私、馬の扱いはわりと得意なのに……）

そんなに頼りないだろうか。ちょっと落ち込む。

困ったブリジットは、ユーリの袖《そで》を軽く摑《つか》んだ。

「ユーリ様、ユーリ様」

「……なんだ」

そのまま彼を引っ張って、少しロゼから距離を取らせる。

渋い顔つきのユーリの耳元に、ブリジットはつま先立ちになってひそひそと囁《ささや》いた。

「なんだかユーリ様、ロゼ君にはやたら意地悪じゃありませんか？」

「言いたいこともまともに言えないヤツを、労《いたわ》る必要はないからな」

ブリジットの気遣いを無下にするほど、その声は大きかった。

焦《あせ》って視線をやれば、やはり聞こえていたらしい。ロゼは腹立たしげに眉《まゆ》を寄せている。

「お、おれだって言いたいですよ。でも……」

「……ロゼ君？　この前言いかけてたことね？」

気がついて指摘すれば、ロゼがおずおずと頷《うなず》く。

理由は分からないが、どうやらロゼはブリジットを〝赤い妖精《ようせい》〟と呼びたくて仕方がないようなのだ。

「二日前も言ったじゃない。いいのよ、好きに呼んでくれて」

「わ、分かりました」

優しく促すと、ロゼがゆっくりと頷いた。

緊張した面持ちで、大きく息を吸って吐いてを繰り返している。

それから、意を決したように口を開く。

「あ、あ、あう、あね、あうう、アネネ、あうッ、ううう……っ！」

（この前と同じ発作が！）

あうあう言いながらロゼが額に汗を浮かべている。

メイデル家の本邸でも、こうやってロゼは悶《もだ》え苦しんでいた。あまりに苦しげなので、ブリジットは無理をしないでと止めようとする。

「――――あ……、義姉上っっ！」

（……えっ？）

しかし耳に飛び込んできたのは、そんな信じられない呼びかけだった。

「あ、義姉上！　義姉上！　義姉上ぇ！」

何度も呼び続けて、酸素不足になったのだろう。

真《ま》っ赤《か》な顔をしたロゼは力尽きたように、その場にへたり込んでしまった。

「や、やっと、呼べたぁ……っ」

「……ロゼ君。もしかして、わたくしのことを……姉と呼びたかったの？」

ブリジットが問えば、あたふたしながら立ち上がる。直立不動のポーズだ。

「は、はい！　でも迷惑かなと思って、おれ、なかなか呼べなくて……」

真相を打ち明ける間も、ロゼの顔はさらに赤くなっていく。

目も合わせられないようで、俯《うつむ》きがちだ。顔を上げようとするたび、ブリジットの視線を感じるのか、大慌てで背を丸めて恥ずかしがっている。

そんな様子を見ているうちに、ブリジットの心臓が……きゅん、と鳴った。

「ロゼ君！」

衝動のまま、ブリジットはロゼに抱きついていた。

「っ⁉」

その瞬間、ロゼの全身がはっきりと緊張する。それでブリジットは正気づいた。

「あっ、ごめんなさい！　いやよね、こんな風に馴《な》れ馴《な》れしく抱きついたりして」

謝りながら離れれば、ロゼは拳《こぶし》で口元を隠しながらごにょごにょ言う。

「いえ……えっと……嬉《うれ》しい、ですけど。すみません義姉上。情けないので、こちらを見ないでいただけると助かります」

どうやら照れているようだ。

（私の弟、可愛《かわい》い！）

初心な反応に、ますますきゅんきゅんしてしまうブリジットである。

――ブリジットだって、ずっとロゼのことは気にしていた。

一人っ子だったから、兄弟姉妹への憧《あこが》れもあった。できることなら仲良くしたいと思っていたが、家の事情が邪魔をして、容易《たやす》く近づけずにいたのだ。

この機会に親睦を深めようと目論《もくろ》むブリジットだったが、そこに割り込む声があった。

「ブリジット」

左手を掴まれ、後ろに引かれる。

首だけで振り向くと、怒ったような顔のユーリと目が合った。

「弟だかなんだかである前に、そいつは男だ。ちょっとは警戒心を持て」

「あら、ユーリ様ったら。それじゃあまるで、妬《や》いてらっしゃるみたいですわよ？」

オッホッホッホ、とブリジットは久々に高笑いをした。それくらい浮かれていたのである。

しかしふざけた言葉には返事がないまま、無防備なブリジットの腰に、するりと手が回される。

身体の向きまで変えられてしまい、至近距離でユーリと見つめ合った。

（え？　えっ？）

動揺するブリジットの耳元に落とされたのは、どこか拗ねたような囁きだった。

「……そうだと言ったらどうするつもりだ、お前」

（……ほ、本当に妬いてるの？）

今度はブリジットが、林檎《りんご》のように真っ赤になってしまう番だった。


そんな紆余曲折《うよきょくせつ》の末、帰りの馬車の御者はユーリが務めてくれることになった。

らしくないことを口にして、ユーリにも照れくさい気持ちがあったのかもしれない。

帰路の途中、向かい合って席に座ったロゼはといえば嬉しそうに、たくさん話しかけてくれた。

まるで、今まで話せなかった分を取り戻すように……。

その中で判明したのが、ロゼがかなり女子にもてるらしいということだ。

「実はダンスパーティーに一緒に行こうって、八人の女の子から誘われて」

「は、八人⁉　それって、クラスの女の子たちから？」

「えっと、義姉上のクラスの方も居ました」

「まぁ……」

まぁまぁ、とブリジットは口元に手を当てる。上級生からも誘いを受けているとは、凄まじい人気ぶりだ。

だが、ロゼは家柄や容姿が優れているだけでなく、優しい心根の少年だというのは、今やブリジットにもよく分かっている。付け加えると、彼は年上の心を揺さぶる可愛らしさも持ち合わせているのだ。

（その八人とも見る目があるわ。褒めてあげたいわね）

などと姉っぽく、誇らしく思うブリジットである。

ところでロゼは、いったいその中の誰《だれ》とパーティーに行くのだろうか？　好奇心で訊《き》いてみようとしたのだが、その前に据わった目をしたロゼに問いかけられた。

「あっ、義姉上は、どなたかとご予定はありますか⁉」

天蓋つきの馬車はしっかりとした造りだ。この会話が御者台のユーリに聞こえることはないだろうが、ブリジットは念のため声を潜めることにした。

無論、聞こえても何も問題ないのだが、ただただ恥ずかしかったのである。

「ええ。その、わたくしはユーリ様とご一緒する予定なの」

返事を聞くなりロゼの顔色が暗くなる。

「そ……そうなんですね……」

(あ、あら？　落ち込んじゃった？)

ロゼがなぜだかしょんぼりしてしまったので、そのあとはあまり姉弟の会話は弾まなかったのだった。

◇◇◇

「ユーリ様、ありがとうございます。ずっと任せきりですみません」

「別にいい」

メイデル家本邸の前で下ろしてもらったブリジットは、御者台に座るユーリに頭を下げた。

その隣ではロゼも同じようにしている。肩を回してから、ユーリはロゼに目をやった。

「今朝《けさ》、そっちのピンク頭には偉そうなことを言ってしまったが――」

きょとんとするロゼから、次はブリジットに視線を移す。

「ブリジット。僕に、話したいことがあるんだろう」

「！」

どきりとした。

ブリジットが話したいこと。訊きたいこと。十一年前のあの日のこと。

「今度は、ちゃんと僕も最後まで聞く。……だから、もう少しだけ時間をくれないか」

まっすぐにブリジットの顔を見て、ユーリが言う。だから、狼狽《うろた》えずに頷くことができた。

「分かりました。……では、また」

「ああ。また明日な」

馬車が出発し、車輪の音が遠ざかっていく。

小さくなっていく馬車を見送っていると、傍らに立ったままのロゼが訊いてきた。

「……義姉上は、本邸に戻ってこられるんですか?」

やはりロゼは、最初から知っていたのだろう。

「父から、その話を?」

ゆっくりと頷く。灰色の瞳《ひとみ》は、何かを期待するようにブリジットを見ていた。

「おれは――おれは義姉上と一緒の家で暮らせるなら、嬉しいです。……ごめんなさい、勝手なことを言って」

「そんなことないわ。ありがとう」

ロゼは純粋に、ブリジットに戻ってきてほしいと願ってくれている。それが伝わってきて、むしろブリジットは嬉しかった。

ロゼに手を振って、ブリジットは裏門に向かって歩き出す。正門を使うことは、別邸に住むブリジットには許されていないからだ。

本来は馬車も、裏門前に停めるようにと言いつけられている。しかしロゼに心苦しい思いをさせたくなかったから、ユーリに頼んで正門前に馬車を停めてもらったのだ。

一度だけ振り返ると、ロゼは元気のない足取りで本邸に入っていくところだった。

デアーグはこの様子を、屋敷内から見ているのだろうか。

多忙な人だから、まだ帰っていないかもしれない。それとも、アーシャやロゼのことを心配して一時的でも戻ってきているのか。

親しんだ玄関のドアを開けると、暇そうに花瓶《かびん》をつついていたカーシンが振り向いた。

ぱっと明かりが灯《とも》るように、その表情が明るくなる。

「お嬢じゃん！　ようやく戻ってきたな！」

今日、戻ることは知らせてあったので、玄関で待っていたのだろう。突っ立ったままのブリジットに、はしゃいだ足取りで寄ってくる。

「なぁ、夕食んときのスイーツなんだけどさ……って、どした？　元気ないな？」

十一年間も一緒に時間を過ごしているだけあり、ブリジットの様子がおかしいのにすぐ気がついたらしい。

首を傾《かし》げて表情を覗き込んでくるカーシンを見ている間に、ブリジットの瞳に涙がにじんだ。

びっくりしたように、カーシンが目を見開く。

「ど、どうしたんだよ。おい、お嬢？」

カーシンの顔を見て、気が抜けてしまったのだろうか。喉《のど》から、情けなく震える声が漏《も》れ出た。

「……カーシン。わたくし、どうしたらいいのかしら～……？」

ブリジットはとっさに、両手で顔を覆《おお》う。

この三日間で、本当にいろいろなことがあった。いろいろなことが、起こったのだ。

デアーグ。アーシャ。ロゼ。家族であるはずの人たち。公に家族とは呼べない人たち。

ロゼとは少し打ち解けることができた。アーシャとも話し合いたいと思っている。だが、デアーグとは……。

カーシンは困った顔をして、腕組みをする。こういうときシエンナならうまくブリジットを宥《なだ》めてくれるが、彼女はここには居ない。

「この前、旦那様が言ってきた件か」

「………」

ブリジットは洟《はな》を啜《すす》りながら、こくりと頷いた。

「何が正解か、分からないのよ。なんにも分からないの」

学院を卒業したら、きっと別邸を追い出される。だからこそ、精霊博士になり身を立てようと思った。そのために知識を得て、勉強に励んで、必要な努力は続けてきたつもりだ。

しかし、目を背《そむ》けてきたことがあった。正しくは今まで、考えないようにしていたことだ。

(私が居なくなったら……使用人のみんなはどうなるの?)

精霊博士は国家資格ではあるが、博士号を取得できたとしても、駆け出しのブリジットに彼ら全員を雇えるほどの収入が得られるとは思えない。最初は自分ひとりでやっていくのがきっと限界だ。

デアーグは、行き場を失った彼らを再び本邸で雇うつもりはないだろう。

どちらにせよ別邸を追い出されるなら、ブリジットにできることはない。でも今まで支えてきてくれた人たちを見捨てて、ひとりで夢を叶《かな》えようとするのは正しいことなのだろうか。

自分自身の気持ち。両親への気持ち。ロゼへの気持ち。シエンナたちを思う気持ち。

頭の中がずっとぐちゃぐちゃで、正解が導き出せない。

「お嬢、ちょっとこっち来て」

荷物の入った鞄《かばん》を奪ったカーシンが、ブリジットの手を引っ張って歩き出す。

階段を上ってどこに行くのかと思いきや、行き先はブリジットの自室だった。

カーシンは荷物を絨毯《じゅうたん》の上に放ると、窓際へと向かった。

「これ見てよ、お嬢」

指差すのは、窓辺に置かれた小皿だ。

その皿にいつも、ブリジットは眠る前にビスケットとミルクを入れている。小妖精たちへの気軽な贈り物だ。

小皿の中身はいつも通り、きれいに空になっている。

「……これが、どうしたの？」

ブリジットが潤んだ目で見つめると、手を離したカーシンは寝台横の花台へと向かい、次は花器を指し示してみせた。

透明な硝子《ガラス》の器には、たくさんの花が生《い》けてあった。

「これ……」

「お嬢が急に留守にしたから、心配した妖精が居たんだろ。俺様《おれ》は魔力が弱いから、ちっこい妖精たちはよく見えねぇけど」

　コスモスやダリアやセージなど、とりどりの秋の花や植物が生けられている。

　茎の長さを揃えてもいないので、バランスは悪い。根っこに土がついたままのものもある。

　窓辺に置かれていたそれらの贈り物を、きっとカーシンが慣れない手つきで花器に挿していったのだろう。

　でもその光景は温かくて、ブリジットは目が離せなかった。

「お嬢はさ、昔っから精霊やら妖精やらが好きだよな」

「……ええ、大好きよ」

「たまに俺様の微精霊のことまで気にして、調子はどうかなんて訊いてくる。そんな変わり者の貴族、他には居ないだろうけど」

（変わり者は余計よ）

　ブリジットが睨《にら》みつけると、カーシンは底抜けに明るく笑う。

「んで、俺様たちはそういう主人のことが大好きなんだよなぁ」

　ぶっきらぼうな手が、わしゃわしゃとブリジットの髪の毛をかき乱《みだ》す。

「だからさ。お嬢の出す答えがどうであれ、俺様はお嬢についてくよ」

「え？」

「俺様だけじゃなくて、おっかないシエンナとか、ネイサン料理長とか、ハンスのじーちゃんとか、マイクのおっちゃんとか……他の使用人もそうだろうけど。俺様たちの主人はお嬢だけだからな！」

「……！」

カーシンの言葉は、まっすぐ胸に響いてくる。

少しの沈黙を挟んで、ブリジットは微笑《ほほえ》んだ。目元を拭って、自然と笑えていた。

「ありがとう、カーシン」

彼のおかげで、心の中の迷いが少しだけ晴れたような気がした。

（私が進むべき道、じゃなくて……進みたい道を、選ぶ）

気難しく考える意味はない。

だって行き場所がないからと、逃げるために選んだわけではないのだ。

幼い頃から、ブリジットは精霊博士になりたくて本を読み耽《ふけ》った。それはずっと胸にあり続けた、ブリジットの大切な夢なのだ。カーシンと話している間に、それを思い出せたような気がした。

ブリジットは、照れ隠しついでに提案をしてみる。

「そうだわ、カーシンもわたくしとハグしましょう！」

「は？　ハグ？　なんだよ急に」

というのも今朝、ロゼをぎゅっとして気がついたのだ。シエンナやカーシン、ロゼとの触れ合いは、ブリジットに安らぎを与えてくれると。

（相手がユーリ様だと、ドキドキしすぎていつも心臓がパンクしそうになるけど……）

名案だと思って言ってみたのだが、カーシンは何やら物言いたげに目を細めていた。

「……あのさー、お嬢。もちっと警戒しろよ。俺様、男なんだけど」

今朝のユーリみたいなことを言い出すものだから、ブリジットはおかしくなってしまう。

「何言ってるのよ。カーシンは同い年だけど、わたくしの兄弟みたいなものじゃない？」

くすくすと笑うブリジットを、カーシンが恨みがましそうに眺める。

カーシンは溜《た》め息《いき》のあと、ぽつりと言った。

「最近さ、たまーに、お嬢のこと泣かせたくなるんだよな」

「えぇ⁉」

突然物騒なことを言い出したカーシンに、ブリジットは驚いた。

慌てふためいて距離を取ると、カーシンは肩を竦《すく》めてみせる。

「――ジョーダンジョーダン。嫌われるのはいやだからな」

ふっと笑ったカーシンが、ひらひらと手を振って背を向ける。

厨房《ちゅうぼう》に戻るらしい。からかわれたようだとブリジットが気がついたときには、カーシンの背中はそこになかった。

◇◇◇

週明けの放課後に、ぴーちゃん――フェニックスの調査が行われた。

調査自体は屋外魔法訓練場で実施されたため、周りには大勢の生徒が集まっている。その中にはニバルやキーラ、他のクラスメイトたちの姿もあった。

注目を浴びて最初は緊張していたブリジットだったが、調査自体は淡々と進んでいった。

トナリの指示の下、調査役の神官たちがぴーちゃんの体長を計り、姿形を細かくスケッチしていく。そのあとはトナリに言われるまま、ブリジットがぴーちゃんに動きの指示を出していく。

神官長のリアムは、にこにこしてこちらを見守っている。

「はい、オーケー。これで調査終わりな」

トナリがそう告げたときには、景色は薄闇《うすやみ》に包まれていた。賑《にぎ》わっていた観衆も、数えるほどしか残っていない。

散々、ブリジットのお願いに従って炎を吐き、魔法を吸収し、トナリが拵《こしら》えた小さな擦《す》り傷《きず》を治してみせたりと大忙しだったぴーちゃんは、芝生の上に短い足を投げ出して座り込んでいる。だいぶ疲れているらしい。

そんなぴーちゃんを労っていたブリジットの横に、トナリが腰を下ろした。

「お二人ともお疲れさん」

『ぴ！』

何か文句が言いたいのか、立ち上がったぴーちゃんがトナリの履《は》きつぶした靴をつついている。

「おーおー。偉かったな」

『ぴぃ……』

ぴーちゃんを雑にあやしつつ、ぐびぐびと水筒の水を飲んでいるトナリをブリジットは見つめる。

口元を拭ったトナリが首を傾げた。

「ん？　なんだよ？」

「いえ……。精霊の調査って、けっこう地味……ではなく、あっさりしているのだなと思いまして」

「結局、精霊にも個体差があるからな。姿形とか習性とか、大まかな能力を把握しておくくらいがちょうどいいんだよ」

確かにトナリの言う通りだ。

例えばフェンリルだって、人の姿を取るなんて話は聞いたこともなかったのに、ブルーは当たり前のように契約者の似姿を取っている。だが、すべてのフェンリルがそのように変身能力を持つわけではないはずだ。

淡々とした調査のおかげか、生徒たちからブリジットたちに向けられる視線も軟化したような気がする。

きっとトナリは、敢《あ》えてそういう態度を取って、新種の精霊が見つかっただけに過ぎないと生徒たちにアピールしてくれたのだ。フェニックスだけが、特別な存在ではないのだと。

（正面から訊いたところで、はぐらかされるだろうけど）

「そういえばブリジット様。建国祭のパレードへの参加については、どうされますか？」

リアムが近づいてきたので、ブリジットは慌てて立ち上がった。

スカートの裾《すそ》を軽く払ってから、頭を下げる。

「申し訳ございません、リアム神官長。いろいろと考えたのですが、わたくしもユーリ様も、パレードへの参加は辞退させていただこうかと思います」

ユーリと決めたことだ。もともと彼は、ブリジットの意思に任せているようだったが。

「そうですか、分かりました。大司教様には私から伝えておきましょう」

リアムは返答を予想していたのか、そう請け負ってくれた。

だが、ブリジットにとってはここからが本番だ。

「それと不躾《ぶしつけ》ながら、わたくしからリアム神官長にお願いがあるのです」

「私にお願い？　なんでしょう？」

大きく息を吸ってから、ブリジットは伝えた。

「フェニックスを精霊図鑑に登録するのを、待っていただきたいのです」

強い風が吹く。

乱れた髪を直しながら、ブリジットは一度もリアムから目を逸《そ》らさなかった。

彼は目を見開き、真意を問うようにブリジットを見つめている。

「……理由を、お訊《たず》ねしてもよろしいでしょうか」

「今のわたくしには、ぴーちゃんを守れるだけの力がないからです」

呼ばれたと思ったのか、足元でぴーちゃんが鳴く。

「わたくしは精霊博士を目指しています。まだまだ至らぬ身ですが、必ず夢を叶えてみせます。そのときまで、時間がほしいのです」

学生であるブリジットでは、ぴーちゃんを守りきれない。

否、たとえ精霊博士になれても、それだけで大きな力が手に入るわけではない。フェニックスを虎視眈々《こしたんたん》と狙《ねら》う人物が居たとして、うまく斥《しりぞ》けられるとは限らない。

だが、そのときのブリジットは、少なくとも父の一言で人生を左右されるような不安定な立場ではない。大事なものを守るために、自ら進む道を選んでいるはずだ。

「ですから、どうかお願いします」

繰り返すブリジットに、リアムはやんわりと首を横に振った。

「それは、私の一存で決められることではありませんね」

がっかりしたが、ブリジットは顔には出さなかった。むしろ安請け合いされるくらいなら、お願いする相手を間違えたと感じていただろう。

その甲斐《かい》あってというべきか、リアムの言葉には続きがあった。

「ですが私から、大司教様にお話ししてみましょう。約束はできませんが、きっとあの方ならブリジット様の思いを理解してくださるはずです」

「リアム神官長……」

「神殿の誤った判断によって、あなたには大きな苦しみを背負わせました。謂《い》われのない中傷まで受けて苦しんだあなたに、我々は何もしなかった。ただ傍観していただけです」

リアムの表情には、強い後悔がにじんでいる。西方神殿に所属していた彼は、負うべきでない責任までその身に課しているようだった。

何かを決意したように、リアムは言う。

「ブリジット様。私の話を、聞いてくださいますか」

無言のまま、ブリジットは頷きを返した。

ただの子どもで、学生でしかないブリジットに、リアムは真剣に向き合ってくれている。それが伝わってきたからだ。

「私は平民の出身ですが、中級精霊と契約したことをきっかけに、西部にある魔法学院に入学できました。そこで微精霊と契約したのを理由に、いじめられている少年に出会ったのです」

静かな声だったが、それはリアムが感情をできる限り押し殺そうとしたからなのかもしれない。

「理不尽な理由でいじめられる彼を、助けたかった。しかし彼は私の手を振り払いました。『たかが中級精霊と契約したくらいで、いい気になるな。人を見下すな』と怒鳴られ、石を投げつけられました」

「そんな……」

「恵まれた人間からの同情だと、彼は受け取ったのでしょう。しかしそれは、彼のせいではありません。多くの人のそんな考え方に晒《さら》されて、生きてきたからです。……その翌日、彼は学院を辞めていました」

リアムがブリジットを慮《おもんぱか》るのは、その少年の姿にブリジットを重ねているからかもしれない。

「精霊の能力に差はあれど、それを理由に差別をすべきではない。レヴァン教はそう掲げてはいますが……レヴァン教の人間でさえ、契約精霊の名前で相手への態度を露骨に変える。それが現実です」

リアムは大きく息を吐いてから、ブリジットを見つめた。

「ブリジット様。私は契約の儀のあり方について、根本的に変えたいのです」

「契約の儀を……?」

「ええ。微精霊を名無しと呼び、弱い精霊だと切り捨ててしまう、人の世のあり方を変えたいのです。ゆっくりと子どもと精霊の成長を見守れるような、そんな世の中に変えていきたい。……そのために今まで、私は神官として歩んできました」

打ち明けられたのは、優しい夢だった。

それゆえに、並大抵のことではない。契約の儀の歴史は長く、その中で人の認識は育まれてきた。微精霊を外れ扱いし、上級の精霊が崇《あが》められるのは、致し方のないことといえる。

荒唐無稽な理想論だと、人は笑うかもしれない。

だが、もしリアムの理想が実現するならば——ブリジットのような苦しみを持つ子は、居なくなるはずだ。

たとえ微精霊と契約した子どもであっても。微精霊の振りをせざるを得なかった、強力な精霊と契約した子どもであっても。

手を取り合って歩んでいける道があるのなら、それは何よりも素晴らしいことだった。

「わたくしも、力になりたいです」

ほとんど反射的に言ってから、口元を押さえる。神殿にフェニックスの力を利用されるのは、ブリジットが何よりも避けたい事態だった。

「いえ、その……!」

「ありがとう、ブリジット様。あなたが友人でいてくれるなら、心強いです。契約精霊を守りたいと言ってくださる、あなたなら……」

だがリアムは身勝手な誤解をしたりはしなかった。真摯な口調で告げられた言葉に、ブリジットもまた、頷きを返す。

「崇高で、立派な夢だな。神官長」

それまで黙っていたトナリが、遠くを見てぽつりと呟《つぶや》く。言葉尻は皮肉めいているが、トナリにそんなつもりはなかったのだろう。

「あなたにも力を貸していただけるとありがたいですよ、トナリ殿」

「お前さんが道を間違えないなら、オレにできることはやろう」

「ありがとうございます」

リアムが柔らかく微笑む。

和やかな雰囲気だったが、そこでブリジットは重要なことを思い出した。

「すみません、人を待たせておりました。わたくし、そろそろ失礼いたします」

「承知しました。こちらこそ、長話になって申し訳ない」

とんでもない、とブリジットは微笑む。リアムと話せたことは、きっと今後のための大きな糧となる。そんな予感がしていた。

トナリと戯れていたぴーちゃんの前にしゃがむと、ぴょんと肩に飛び乗ってくる。

「またぜひ、神殿に遊びに来てくださいね。今度は友人として」

「……はい！」

笑顔で踵《きびす》を返して、ブリジットは駆け出した。

待ち人が居るのは、図書館脇《わき》にある四阿《あずまや》だ。最近はかなり気温が下がってきた。待ち合わせは食堂のスペースにすべきだった、と反省しながら道を急ぐ。

「ユーリ様、お待たせしました！」

寒さに震えているのではないかと心配していたが、ユーリは表面上は何も変わらず、本を読んで待ち受けていた。

「調査は終わったのか」

「はい。滞りなく」

ブリジットが向かいの席に着くなり、ユーリは本を閉じた。

「では、四度目の勝負の件だが」

その言葉に、ブリジットは目を光らせた。

試験直後に母の失踪を知り、南方の領地に向かったり、そこにある別荘に泊まったり、義弟であるロゼと打ち解けたりと、何かと忙しい週末だった。

疲労困憊《ひろうこんぱい》のブリジットは、キーラたちに連れられて結果の貼《は》り出された掲示板をふらふらと見に行ったのだが……そこで、信じられない光景を目撃したのだ。

「おーっほっほっほ！」と口元に手を当てて高笑いするブリジット。

「わたくしの勝利、でしたわね～！」

あんまりにも嬉しいので、それはもう勢いよくオッホッホと大喜びするブリジット。テーブルの下で、両足はじたばたしている。

三科目のテストの合計点は三百点。今回ブリジットは勉強の成果が出て、二百九十八点というとてつもない高得点を叩き出した。

競争相手《ライバル》のユーリは二百九十七点。――なんと一点差で、ブリジットの勝利である。

掲示板を見たときの感動といったら、言葉にならないほどだった。一位のところに自分の名前が書いてある貼り紙《がみ》を、記念に持って帰りたいと思ったくらいだ。

盛り上がるクラスメイトたちの手前、顔や態度には出さないよう気をつけたが、きっとキーラあたりには気づかれていたに違いない。

（一回目は引き分け、二回目は負け、三回目は引き分け、そして四回目は――わたくしの勝～利！）

一点差とはいえ、勝ちは勝ちなのだ。

勝利の美酒にうっとりと酔うブリジットに、ユーリも少々苛立《いらだ》ってきたらしい。

「それで？　お前は僕に何を命じるつもりなんだ」

「……そ、それは」

ルンルン気分だったブリジットが顔を強張《こわば》らせたので、ユーリは不審そうにしている。

「なんだ」

「そのぅ……建国祭の日は、王都で盛大な催しが開かれますでしょう？」

「そうらしいな。あまり興味はないが」

「い、一緒に回ってほしいのですが」

「は?」

意味を計りかねたのか、ひややかに聞き返される。

別に怒っているわけではない——と思う。ユーリは常日頃からこんな調子だ。

しかしよくよく考えると、一位を取ったからと目の前で浮かれてみせたりして、うざったく思われているかもしれない……などと今さら悔やみつつも、覚悟を決める。

どちらにせよここまで言ったからには、言い切るしかない。これは勝者の特権なのだから!

(ええい、ままよ!)

ビシ!と人差し指をユーリの胸に突きつけ、ブリジットは高らかに言い放った。


「命令です! わたくしと一緒に、お祭りを見て回ってくださいませ!」


ユーリが目を見開く。

向かい合ったブリジットは、瞬きもせず見返してみせたが——本当は、叫び声を上げてその場から逃走したいくらいだった。

(い、言っちゃったああ!)

建国祭の夜のパーティーは、奇跡的にユーリから誘ってくれたけれど、できれば一日中一緒に居たいと思ったブリジットだ。日中のお祭りについては自分から誘うしかないと、毎日のように身悶《もだ》えて緊張していた。

しかしブリジットに、可愛らしく異性をデートに誘う気概はない。そのため、四度目の勝負を利用することを思いついたのだ。勝てば誘う、負ければ諦《あきら》める（かもしれない）という、普段以上に気合いを入れた一世一代の大勝負だったのである。

（勝負を利用しないと誘えないって、自分でもちょっぴり情けないけど）

だから、一点差といえどもユーリに勝てたのが嬉しくて仕方なかったのである。

ユーリが、深く息を吐いた。

「………ばかだな」

嘆息じみた短い言葉は、ぐさりとブリジットの胸に突き刺さった。

やっぱりこんな不純な命令は駄目だろうか。ユーリは、ブリジットと一緒に出かけるのは嫌なのだろうか。

そう落胆しそうになったときだった。

「そんなの、命令になってないだろう」

そっぽを向いたユーリが呟く。

ユーリの言葉の意味を、ブリジットは一生懸命に考える。

彼はよく、回りくどくて分かりにくい言い方をする。でもその多くが照れ隠しだったりすることを、半年近い付き合いの中でブリジットは学んでいる。

（ええと。つまり。つまり今のは……）

「わたくしに誘われて、嬉しいってことでしょうか?」

「――、」

直球で問えば、息を呑《の》んだ気配がする。

図星だ。図星らしいと、ブリジットはひとりで納得する。

じわりと、痺《しび》れるような喜びが胸に広がっていく。カイロも仕込んでいないというのに、全身がぽかぽかと温かくなっていく。

ユーリは肯定も否定もせず、テーブルに頬杖《ほおづえ》をついて、明後日の方向を見やっていた。

「ねぇ、ユーリ様。嬉しかったんですね?」

立ち上がったブリジットは、身を乗り出して再確認する。

対するユーリはまた溜め息を吐いて、ブリジットを睨みつけてきた。

どこか非難めいた目つきだ。でもその目元はほのかに赤かったから、ちっとも迫力はなかった。

「いい。分かった。……どこにだって行ってやるから」

最大限の譲歩を、観念したように告げる声音はふてぶてしい。

でも、それは彼なりの照れ隠しだったのだろう。そうでなければ、どこにでも行くなんて不用意なことを言うはずのない人だ。

「ありがとうございます!」

破顔したブリジットは、鞄の中のそれを取り出すなり、ユーリの隣へと移動した。

「これ、建国祭のパンフレットです! ちゃんともらってきましたのよ!」

ユーリの顔を覗き込んで、ブリジットは笑いかけた。

「ユーリ様、ねぇねぇ、どこから回ります？」

「どこでもいい」

「まぁ、そんなこと言って。建国祭限定のお菓子を出す菓子店もありますのに」

「！　……どこだ？」

「ここですわ、ここ！」

身を寄せ合って、ブリジットとユーリは建国祭の話で盛り上がった。

二人きりで、これもいいあっちも気になると、気が済むまで話し合ったのだった。

――その後、思い返すたびに赤面してしまうような、甘酸っぱい思い出のひとつである。

◇◇◇

「シエンナっ、お帰りなさ～い！」

「…………っ！」

玄関のドアを開けると、飛びつくような勢いで抱きつかれた。

自分より長身のブリジットを、シエンナはしっかりと抱き留める。

貴族令嬢としてははしたない――などと、注意したりはしない。ブリジットがこうして幼げな振る舞いを見せるのは、別邸の中でだけだと知っているからだ。

「ただいま戻りました、お嬢様」

目元を和ませて、ブリジットの柔らかな髪に頬擦《ほおず》りをする。彼女の香りを胸いっぱいに吸い込むと、慣れない環境での生活や旅の疲れが一瞬にして吹き飛んだ気がした。

「お手紙にも書きましたが、奥様は先ほど本邸に送り届けてまいりました。万全とは言いがたいですが、ご自身で歩ける程度には体調も回復しています」

「本当にありがとう、シエンナ。大変な役目を任せてごめんなさいね」

シエンナは首を横に振る。

この五日間、メイデル家の所有する別荘にてアーシャの身の回りの世話をシエンナは担当していた。

クリフォードも共に残り、食材の調達や料理の準備を手伝ったり、アーシャの話し相手になったりとあらゆる面で気遣ってくれた。

アーシャ本人も望んだために、シエンナとクリフォードは彼女を連れて王都まで戻ってきたのだった。

(本当なら、すぐにでもお嬢様とお話しいただきたかったのに……)

悪妖精アルプの魔力に捕らえられたアーシャは、ブリジットとの思い出の場所を目指して本邸を抜け出した。

その理由は、五日間を共に過ごしたシエンナにも分からない。アーシャ自身も記憶の一部が混濁している様子で、多くを語ることはなかった。

だが、アーシャはその理由をブリジットに伝えるべきだ。傷ついた幼い子を見捨てた母親だとしても、こんな騒ぎを起こした以上、最低限の責任を果たすべきだ。

（そうでなければ、お嬢様が報われない）

アーシャを捜し出すためだけに、ブリジットは家族との思い出が色濃く残る本邸や、領地の森を訪れたのだ。

しかしアーシャは本邸に戻ってしまった。それがどうしても、シエンナには心残りだった。

シエンナはゆっくりと、ブリジットから身体を離す。

「お嬢様は、お変わりありませんでしたか？」

アーシャのことには触れずに問う。

というのも、それこそシエンナには重要なことだ。ブリジットの専属侍女としては、ほんの数日といえども主の傍に居られない生活は耐えがたいものだった。

「大丈夫よ、みんなが助けてくれたから」

と言ってみせたブリジットだが、それから小さく苦笑する。

「……って言いたいところだけど、やっぱりシエンナが居ないと心細いわ」

「ブリジットお嬢様……！」

その言葉に感激し、身体を震わせるシエンナ。

するとブリジットが、それでね、ともじもじし始めた。

「実はね……マフラー、もうちょっとで編み上がりそうなんだけど、伏せ止めの仕方がよく分からなくて。帰ってきて早々で悪いんだけど、教えてもらってもいいかしら？」

（あれ、これが本題だったのでは？）

とか思いつつ、頼られるのは嬉しくて「お任せください」と胸を張るシエンナだ。

しかしそこでふと、重要なことを思い出す。

「そうでした。クリフォード様がまだ外にいらっしゃるんでした」

「そうなの？　それならわたくしもご挨拶《あいさつ》とお礼をしないと」

頷こうとして、シエンナは寸前で思い留まる。

「お嬢様、横髪が跳ねています」

「えっ。本当？」

ブリジットがあわあわしている間に、シエンナは使用人部屋へと向かう。私室から素早く紙袋を持ってくると、そのまま裏口から外へと出る。

クリフォードは、裏門の脇に馬車を止めて待っていた。

アーシャを降ろすときは正門前で停車していたのだが、わざわざ裏門まで移動していたらしい。別邸付きのシエンナに正門が使いにくいことを、よく気がつく彼は理解している。

クリフォードの従者としての心配りは行き届いていて、シエンナは何度も感心させられていた。

（気難しそうなオーレアリス令息が、傍に置いているわけです）

「ああ、シエンナ嬢」

「お待たせしてすみません、クリフォード様」

――そう、クリフォードを引き留めていたのはシエンナだ。ブリジットを別邸内に置いてきたのは、その理由にも関《かか》わっている。

シエンナは手にしていた紙袋を、クリフォードへと手渡した。飾り気のないそれを受け取った彼は、不思議そうにしている。

先んじてシエンナは口にした。

「個人的な贈り物です」

「開けてみても？」

「ええ、どうぞ」

許可を得たクリフォードが、紙袋を開いていく。

その様子をシエンナは固唾を呑んで見守る。異性に贈り物をするなんて初めてのことで、どこか浮き足立つような気持ちを覚えていた。

丁重な手つきで袋の中身を取り出したクリフォードが、それを見つめる。

「これは、魔石入れ……でしょうか？」

中から現れたのは、クリフォードの言う通り手作りの魔石入れだ。

冷え込む日に炎の魔石を中に入れれば、カイロ代わりにできる。水色の毛糸で編んだそれは、ポケットを大きく膨らませることのないようサイズも細かく調節したので、自分でも満足のいく出来映えになった。

ブリジットと王都で買い物をした折に、シエンナはクリフォードの髪色の毛糸を購入していた。

留め具のボタンも、合わせて上品な青色の物を選んだ。

贈り物に魔石入れを選んだのは、作り方がそう難しくないのと、単純に色気がないと思ったからだ。

（建国祭の夜に、意中の相手や恋人に手作りの防寒具を贈るのが流行《はや》っているから）

今週末に迫る建国祭を避けたのも、そういうわけだ。

本人にも他人にも、意図を勘違いされようのない贈り物。それが、シエンナの選択だった。

「クリフォード様には、主《あるじ》も私もお世話になっていますので」

そう伝えたシエンナだが、クリフォードがなんの反応も示さず固まっているので、次第に不安になってきた。

「ご迷惑、でしたか？」

そんな素振りはなかったけれど、クリフォードには交際相手が居るのかもしれない。

公爵家で立派に従者を務め、見目も良く、性格も朗らかな好青年なのだ。むしろ、相手が居ないほうが不自然だ。

だとしたらシエンナの行為はいい迷惑だろう。誤解を避けて注意深く用意した贈り物でも、恋人には疑われてしまう恐れがある。

「いいえ、そうではなくて。……すみません、こういった素敵な物をいただいたのは初めてで、舞い上がってしまいまして」

とてもそんな風には見えなかったが、クリフォードの言葉に嘘《うそ》は感じられなかった。

「ありがとう。すごく嬉しいです、シエンナ嬢。大事にしますね」

柔らかくクリフォードは笑いかけてくれた。

シエンナは、じぃっとその笑顔に見入ってしまった。

「また今度ちゃんとお礼をします。それでは、俺はこれで」

馬車を見送ったあと、シエンナが別邸へと戻ると、ブリジットは手鏡を手に右往左往していた。

「あっ、シエンナ。どう？　髪の毛、直ったかしら？」

「お嬢様、すみません。クリフォード様はお帰りになりました」

シエンナは正直に謝る。ブリジットは少し残念そうにしていたが、今度会ったときにお礼を伝えようと切り替えたようだ。

そんなブリジットが、シエンナを見るなり「あら」と目を丸くする。

「シエンナ、何か楽しいことでもあったの？」

「……いいえ、何も」

むにむにむに、と頬《ほお》を引っ張って、シエンナはどうやら緩んでいるらしい表情を調整する。

「それではお嬢様。マフラーの仕上げに取り掛かりましょう」

告げれば、ブリジットが勇ましげに頷いた。

彼女に続いて階段を上りながら、シエンナは祈る。

どうかブリジットのとびっきりの贈り物が、その人に喜んでもらえますように、と。

第五章
ずっと届かなくても

フィーリド王国の建国祭。

一年に一度の祭りの日は、王都中が文字通りのお祭り騒ぎになっていた。

大通りを中心に、数えきれないほどの屋台や露店が出て、呼び込みの明るい声が行き交う。王都近隣の街々や周辺国からの観光客も訪れ、大変な賑《にぎ》わいである。

わいわいと騒がしい通りの一角で――制服姿のブリジットは、待ち人と合流したところだった。

「悪い。待たせたか?」

「い、いいえ。今来たところですので」

自然と微笑《ほほえ》もうとしたのに、ぎこちなく引きつるブリジット。

合流したばかりのユーリは気にしていないようだが、ブリジットの心拍数は平常時とはほど遠い。

(これ、思った以上に照れくさいかも……!)

先ほどから、ちらほらと同じ制服姿の生徒を見かけるのだ。

ほとんどは男女の組み合わせだ。ブリジットやユーリと同じように、夜のダンスパーティーが始まるまで町を回っているのだろう。

――つまり、知り合いに遭遇する確率がかなり高い。

（ただでさえ私たちがこ、交際してるだとか、良からぬ噂《うわさ》が流れてるらしいのに）

しかし彼と二人きりでお出かけできるなんて、初めてのことである。もしかしたらこの先、こんな日は二度とないかもしれないのだ。そう考えれば、せっかくの機会を棒に振ることはできない。

立ち尽くすブリジットの胸中など知る由もないユーリは、周囲を見回している。

「どうした。さっそくどこか行ってみるか？」

「あ……えっと……」

「腹が減ったのか」

（違いますけど⁉）

確かに先ほどから、香ばしい香りが周辺に漂っているが。

抗議の代わりというように、ブリジットの唇は動いていた。

「しょ、勝負しましょう！」

「……勝負？」

胡乱《うろん》げなユーリに、ブリジットは必死にそれっぽい言葉を紡《つむ》ぎ出す。

「ええ。ただ歩き回るだけではつまらないでしょう？　様々な屋台や催し物がありますから、対決するのも面白《おもしろ》そうだなと思いまして。例えば的当てとか、あとはあちらの速記術とか！」

目に見える範囲でも、勝負事向きの屋台がいくつかある。

二人でパンフレットを読み込んでいるので、他にもどのあたりになんの屋台が出ているのかだいたいは把握している。

（さすがに早食い勝負とかは、人目があるからやめたほうがいいかもだけど）

そんな唐突とも取れる提案に、ユーリはといえば口元をつり上げる。悪役然《ぜん》とした不遜な笑みに、ブリジットの背中がぞくりとする。

なんといっても、ブリジットと同じくらい負けず嫌いのユーリだ。

四度目の勝負での敗北に、実はかなりむかついていたのかもしれない。勝負と聞いてやる気が出たようだ。

「催しで対決をして、最終的な勝ち負けの合計点数を競うということだな」

「それでいいと思いますわ」

勝負数が奇数で収まるようにすれば、はっきりと決着もつく。

「分かった。では行こう」

「ええ！」

血気盛んに頷《うなず》き、歩き出そうとしたときだった。

彼の手が、ブリジットの左手を自然と握っていた。

（手ぇーッ！）

不意打ちすぎる攻撃だった。

もはや、勝負は始まっているのか。一戦目は狼狽《うろた》えてしまったブリジットの負けなのか。

何も言えず唇をあわあわさせるブリジットを、ユーリが振り返ってくる。

「この人混みだからな」

どうやら、それが理由だということらしい。

そう言われてしまうと、手を離す理由はひとつも見当たらない。ブリジットはあまり王都を歩き慣れていないから、ユーリとはぐれても困る。

（それにしても、手を握るなら最初にそう言ってくれればいいのに！）

いつもユーリは唐突に触れてきては、ブリジットの心音を掻《か》き乱《みだ》してしまう。

だけど――よくよく考えてみると、「手を握る」と宣言されてから握られたとして、やっぱり同じくらいドキドキしてしまう気もする。

（私からも、握り返したい、けど）

人混みに目をやれば同い年くらいの少女が、隣を歩く少年と可愛《かわい》らしく腕を組んでいる。

羨《うらや》ましく思いながら、素直ではない自分にそっと溜《た》め息《いき》を吐いていると。

「あっ、義姉上《あねうえ》ーっ！」

最近聞き慣れてきた呼び声に、ブリジットは立ち止まる。

正面から、頰《ほお》を上気させて近づいてくるのはロゼだった。

「この人混みで義姉上に会えるなんて、嬉《うれ》しいです！」

息せき切って駆け寄ってきたロゼ。素直すぎる好意の表れた言葉に、ブリジットはくすりと笑ってしまう。

「ええ、本当ね。ロゼ君はお友達と回っていたの？」

「はい、クラスの友達と」

ロゼの後ろには二人の男子が居た。

しかし夜会には八人の女子から誘われた、と言っていたロゼのことだ。祭りにも誘われただろうに、すべて断ったのだろうか。

そんなことを考えていたブリジットは、どこからか異様な気配を感じて眉《まゆ》を寄せる。

（ん？）

あちこちを観察すると、屋台や家屋の影に隠れて、何人もの女子がこちらを見ていた。

彼女たちの視線が集中する先は、ブリジットの目の前で頰を紅潮させているロゼだ。

（サ、サナさんも居る……）

共に神殿を訪問したサナも、ハンカチを嚙《か》み締《し》めてロゼを睨《にら》んでいる。

人数はちょうど八人だ。ブリジットはロゼのことが心配になってきた。いつか女性に刺されないといいのだが……。

だがロゼは周りの女子には気がついていないのか、咳払《せきばら》いをしてから話しかけてくる。

「それで義姉上、良かったらおれと……」

「おい」

その言葉を、地を這《は》うような声音でユーリが遮《さえぎ》る。

ロゼが眉間に皺《しわ》を寄せた。その視線の先を見るなり、ブリジットは跳び上がりそうになった。

（ユーリ様と手！　繫《つな》いだままだった！）

弟や後輩たちの前で、あまりにも恥ずかしすぎる。

解《ほど》こうとするが、絡《から》められたユーリの手はびくともしない。

それどころか、ブリジットを見下ろしてくる瞳《ひとみ》はやたら冷たい。責められたような心地になり、ブリジットは顔を逸《そ》らしてしまった。

「まだ何も言ってないじゃないですか？」

「自分と祭りを回ってほしい、とでも言うつもりだったんだろう」

「そうですけど」

悪びれないロゼに、ユーリは舌打ちをした。

しゅん、と落ち込んだようにロゼは肩を落とす。

「オーレアリス先輩ばっかりずるいです。おれだって義姉上ともっと仲良くなりたい……」

「お前、かわいこぶれば姉を釣れると思っているだろう」

うっかり釣られそうになっていたブリジットの手を、ユーリが強く握り締めて引き留める。

「いえ、そんなことは思ってません。オーレアリス先輩の邪魔をするつもりはありませんから」

「どう考えても邪魔しに来ただろう……」

そのあとは、何やら二人でコソコソと言い合っている。ブリジットは小首を傾《かし》げた。

「ユーリ様とロゼ君って、仲いいですわよね」

「ブリジット、視力が落ちたのか？」

（失礼な！）

しかし実際に、まだ心理的に距離のあるブリジットとロゼに比べ、ユーリとロゼは打ち解けているような感じがする。

ロゼも似たようなことを考えていたのか、意を決したように話しかけてきた。

「義姉上。良かったらおれのこと、これからは呼び捨てで呼んでくれませんか?」

「えっ」

「だめ、ですか?」

ブリジットより少し身長の高いロゼは、前屈みになっているからか上目遣《うわめづか》いをしているように見える。表情はといえば、雨に打たれる子犬のように健気《けなげ》だ。

(か――可愛い!)

きゅんとしたブリジットは、おずおずと呼んでみた。

「じゃ、じゃあ、ロゼ?」

「……はい! 義姉上!」

ロゼはぱぁっと目を輝かせて、弾《はじ》けんばかりの明るい笑顔を見せた。

そのとたん、こちらを睨んでいた女性陣が何人か「うっ」と呻《うめ》きながら倒れていった。

周囲が何事かとざわめいている間に、ロゼがブリジットにこっそりと耳打ちしてくる。

「義姉上、義母上は元気です。おれが見ているから大丈夫ですよ」

「! ありがとう、ロゼ」

「では、また!」

にこにこしながら、ロゼは友達と共に去って行った。

そんなロゼを、ブリジットも手を振って見送ったのだが……そこでユーリが舌打ちする。

「時間を無駄にした。さっさと行くぞ」

「は、はい！」

手を引かれて再び歩き出す。

そうしながら、ブリジットは自然とユーリの家族について思いを馳せていた。

個人的に面識があるのは、クライド・オーレアリス。ユーリの三番目の兄だと名乗った人物だ。

ユーリは四人兄弟の末っ子。前妻は早くに亡くなり、彼ひとりが後妻の子どもだというのはブリジットも知っている。逆に言えば、それ以上のことはほとんど知らない。

「ユーリ様は、ご兄弟とは仲がいいんですの？」

「いいや。まったく」

ユーリはこちらを振り返らずに答えた。

「一番上の兄はともかく、他からは嫌われているな」

「そう……なんですの」

それ以上、ユーリは話す気はないようだった。

もっとユーリのことを知りたいと思う。それでも、踏み込むことは躊躇《ため》われた。

（ユーリ様は、私の話をたくさん聞いてくれたのに）

彼の存在にブリジットは救われてきた。それなのにブリジットは、ユーリの助けにはなっていない。

いつのまにか足を止めてしまっていたらしい。俯《うつむ》くブリジットを振り返ったユーリが、小さな溜め息を吐いた。

呆《あき》れられてしまったのかもしれない。そう思うと怖くなるが、顔が上げられない。

「僕のことなどどうでもいいだろう。暗い顔をする必要はない」

「どうでも良くなんて、ありませんもの」

大事なことだ。他でもない、ユーリのことなのだから。

「僕にとってはどうでもいいことだ」

「そんな言い方……」

「お前のほうがよっぽど重要だから」

「そ………」

思わず口の動きを止めるブリジット。

ユーリの顔を見上げる。ほんのりと頬が色づいている、気がする。

気のせいで済ませるには、その耳元までうっすらと赤みがかっていて。

「今日のお祭り、楽しみにしていたんだろう？」

「えあっ、は、──はい！　すごく！」

ブリジットは首を動かして、激しく頷く。

連動して、握ったままの手に強く力を込めてしまう。その子どものような仕草に、ユーリが小さく笑った。

そんな些細《ささい》なことが、ユーリが楽しそうにしていることが、嬉しくて仕方がなくて——思わず、ブリジットもつられて笑ってしまったのだった。

◇◇◇

「やったぁ！　偉いわ、ぴーちゃんっ！」

『ぴ～！』

歓声を上げるブリジットに呼応してか、ぴーちゃんが羽をばたつかせる。

見守る見物人たちからもどよめきと、それに続いて拍手の音が響いた。

何をしていたかというと、的当てである。

奥まった路地に配置された円形の的は、色分けされた場所ごとに点数が決まっており、中央の小さな円部分に当てれば高い点数を得ることができる。

しかしふつうの的当てと異なるのは、人ではなく精霊が的当てを行うということだ。

ひよこ姿のまま、小さな炎を吐いて的にぶつけるぴーちゃんはとにかく可愛らしく、見物客も多く集まっていた。

今のところ、一戦目のディスク投げはユーリ（とブルー）の勝ち。

二戦目のスライドパズルはブリジットの勝ち。

三戦目の速記術はユーリの勝ち。四戦目の的当ては、ブリジット（とぴーちゃん）が僅差で勝利を収めた。

「これで二対二ですわねっ、ユーリ様！」

ぴーちゃんを肩に載せたブリジットは、屋台の柱に寄り掛かっていたユーリに声をかける。

「ようやくおもしろくなってきたところだな」

ユーリは余裕の笑みを浮かべている。

「次はどうしましょうか？」

うろちょろしながら看板を観察するブリジット。勝負事に使える屋台は限られている。

合間合間に休憩したり、食事を楽しんだりしていたので、あまりパレードまで時間がない。

勝負の数は奇数にしないと決着がつかないので、残りは一戦でちょうどいいだろう。

「あっ！　スタンプラリーですって。あちらはどうです？」

「……分かった」

返答までには少し時間が掛かった。しかし勝利に浮かれるブリジットは気にしていなかった。

受付係から、それぞれスタンプラリーの台紙を手渡される。

子どもも参加するゲームなので、ルールは簡単だ。五箇所に設置されたスタンプをすべて台紙に押して、屋台に戻ってきたら景品がもらえる。

台紙には簡単に場所のヒントが書かれているので、それを頼りにスタンプの在処《ありか》を探すことになるだろう。

「先に五つのスタンプを手に入れて戻ってきたほうが勝ち、ですわね」

「そうだな」

「ではわたくし、先に出発しますわ！」

どことなくテンションが低いユーリを置き去りにし、ブリジットはさっそく出発する。

（ええと、ここから近いスタンプは……）

台紙と路地とを交互に見比べながら歩いていると、聞き覚えのある声に呼び止められた。

「ブリジット様！」

「あら、キーラさん！　それにリサさんも」

駆け寄ってきたキーラの後ろには、リサの姿があった。二人で建国祭を回っていたようだ。

ちなみにニバルはクラスの友人と一緒に回るらしい。今のところ会えていないが、彼もどこかで楽しく過ごしていることだろう。

そんなことを考えていると、リサと目が合った。すぐにそっぽを向かれてしまう。

以前のリサはいやがらせをしてきたり、魔石獲りで危険な行動を起こしたりと、何かとブリジットに突っ掛かってきた。

しかしそれが、ジョセフにいいように操《あやつ》られた結果だとブリジットは知っている。

本人も謝罪してくれたので、その件は水に流したつもりなのだが……リサとしては、やはり気まずいらしい。

なんともいえない空気の中、キーラが明るく話しかけてくる。

「ブリジット様は、何をしてらっしゃったんですか？」

「わたくしはユーリ様と勝負中なの」

「勝負、ですか？　そういえばオーレアリス様の姿が見当たらないような……」

「ユーリ様とは、スタンプラリーで勝負中なの」

事の経緯を、ブリジットが簡単に説明したときだった。

「……ばっかみたい」

ぼそりとリサが呟《つぶや》く。

キーラが咎《とが》めるような目をする。リサは言いにくそうにしつつ、「だって」と続ける。

「デート中だったんでしょ？　それなのにどうしてわざわざ別行動を取るのよ……」

「！」

その指摘に、ブリジットの身体に激震が走った。

（ほっ――本当だわ！）

言われてみればリサの言う通りだった。

せっかく二人でお出かけしているのに、なぜよりにもよってスタンプラリーを選んでしまったのだろうか。

そういえばスタンプラリーを提案したとき、ユーリは変な顔をしていた。もしかすると、はしゃぐブリジットの手前、反論しにくかったのかもしれない……。

（何やってるの、私ったら……！）

あまりの不手際にショックを覚え、ブリジットは項垂《うなだ》れてしまう。

そんなブリジットを気遣ってか、キーラが言う。

「良かったらわたしたちが一緒にオーレアリス様を捜しますよ、ブリジット様っ」

「はぁ？　あたしまで巻き込まないでよ」

「いいじゃない。リサちゃんも、ブリジット様とお話ししたかったでしょ？」

「誰《だれ》がいつそんなこと言ったのよ！」

ぎゃいぎゃいと言い合うキーラとリサ。なんだか今のブリジットにとっては、二人の騒がしさが救いに感じられる。

「ありがとう二人とも。それじゃあ、お願いしてもいいかしら？」

「お任せください！　それで、どの方向に行ったかとかは分かりますか？」

「ええと……」

そのとき、人混みから悲鳴のような声が上がった。

視線をやると、祭りにそぐわない黒ずくめの格好をした三人の男が、人の波をかき分けている。

ぶつかった子どもが転んでしまったのか、その近くから泣き声が上がっていた。

周囲に迷惑そうな顔をされながら突き進む彼らと目が合い、ブリジットは軽く身震いをした。

「ブリジット様？　どうされたんですか？」

「あの人たち……」

気のせいではない。彼らは最初からブリジットを見ていた。

――否、ブリジットの赤髪を見て、こちらに近づいてきていたのだ。

彼らはブリジットの目の前までやって来る。背が高い男たちに見下ろされたブリジットは怯みそうになるが、気力で見返した。

代表するように前に出たひとりの男が、意外にも恭しい口調で切り出す。

「ブリジット・メイデル伯爵令嬢ですね。お父上がお呼びです、ご同行願います」

その言葉に、ブリジットは息を呑む。

（お父様が、私を……？）

三人の顔に見覚えはない。デアーグが個人的に雇った傭兵か何かだろうか。

「父の用件は？」

「それは、我々ではお答えしかねます」

「……そう」

ブリジットは小さく頷いた。

逆らう気は起きなかった。わざわざ出迎えに三人もやって来たのだ、デアーグは荒事も辞さないつもりなのだろう。

ぴーちゃんの力で、この場を切り抜ける手もある。しかし周りは観光客で賑わっている。他人を巻き込むわけにはいかない。

「ブリジット様……」

ただならぬ空気を感じ取ったのだろう、キーラの表情は青ざめている。

キーラとリサを交互に見ると、ブリジットはあえて明るい笑みを浮かべた。

「大丈夫よ。また今夜のパーティーで会いましょう」

そう笑って手を振るブリジットを、最後まで心配そうにキーラは見つめていた。

◇◇◇

ブリジットの乗せられた馬車がゆっくりと止まる。

同乗していた男たちに目線で促されるまま、ブリジットは馬車から降りる。

「行きましょう」

声をかけられ、三人の男に周りを囲まれるように連行される。

『ぴー……』

屋敷の廊下を進む最中、髪の中から不安そうな鳴き声が聞こえた。

そのあたりをぽんぽんと叩《たた》いてやるが、震えは収まらない。

(いいえ。震えてるのは私のほうね)

ぴーちゃんはただ、震え続けるブリジットを心配しているだけだ。

案内された書斎には、ブリジットだけで入るよう言われる。大人しく入室すれば、そこにはブリジットを呼び出した人物の姿があった。

「……お父様」

重苦しい声で呼びかける。

ブリジットの父――デアーグ・メイデルは背もたれに身体を預け、手にした書類に目を落としていた。

数秒後、ちらりとこちらに目を向ける。

「三人も居れば、取り押さえるのは容易《たやす》いか」

その一言で、ブリジットは悟る。

デアーグが黒ずくめの男たちに命じたのは、ブリジットの連行だ。だがきっと、抵抗するようなら何をしても構わないと父は言ったのだ。

左手の甲のあたりに痛みが生じる。

右手で庇《かば》うように、ブリジットは左手を摑《つか》んだ。そうでもしなければ、とても立っていられない。

(もう傷なんか、ないのに)

ぴーちゃんが、ブリジットを蝕《むしば》む火傷《やけど》痕を消してくれた。

それなのに今も苦しい。デアーグを目の前にすると、すべてが十一年前に戻ってしまったような錯覚に陥る。

(……だめ。落ち着いて)

自分にそう言い聞かせてから、ゆっくりと口を開く。

「わたくしは、そもそも抵抗などしていませんし……返事は建国祭の翌日まで待つ、というお話だったのではありませんか?」

「……」

「本邸に戻る意思があるかどうかと、お父様はわたくしに問いましたね。明日、きちんとお返事をするつもりでした。それなのに……どうしてこんな形で、わたくしをここに呼んだのですか？」

気丈に顔を上げるブリジット。しかしデアーグはつまらなそうにしている。

「ブリジット。お前は最初から勘違いしている」

「勘、違い？」

「お前は私が別邸を訪れた日に、返事をするべきだった。なぜなら最初から、選択肢はひとつしかないからだ。刻限まで遊びほうけていたのはお前の甘えであり、怠慢だ」

呆然《ぼうぜん》とするブリジットに、デアーグは淡々と続ける。

「ブリジット。お前にはもう一度、婚約してもらう」

ひゅ――、と変な音がした。

それが自分の喉元《のどもと》から出た音だと、ブリジットが理解するには時間が掛かった。

「第三王子に捨てられた女だとしても、フェニックスの契約者であるならと先方から話があった」

「……相手の方は、どなたです？」

デアーグが男性の名前を口にする。しかし聞いたこともない名だった。

改めて、喉元に突きつけられたような気がした。

（この人は、私のことなんてなんとも思っていない）

ぐるぐると世界が回り続けているような、気持ちの悪い感覚を覚える。

今、まともに自分は立てているのだろうか。

「突然、本邸に呼び戻して、しかも顔すら知らない相手と婚約しろと？」

「そうだ」

「お父様はただ、ぴーちゃん……フェニックスの力がほしいだけなのですよね？」

「そうだ」

「わたくしのことも、わたくしの気持ちも、最初からどうでもいいと思っている」

「この問答は無意味だな」

聞き分けのない子どもに呆れたように、デアーグは溜め息を吐いた。

「お前にとって願ってもない話だろう。むしろ感謝してほしいくらいだ。お前のような不出来な娘を敷地内に置いていたのは私の温情だぞ」

（どうして……）

お互いの言葉がまったく嚙み合《あ》っていない。

それが歯痒《はがゆ》くて、悔しい。ブリジットが何を言っても、デアーグには届かないのだ。

デアーグが強硬策に出たのは、彼自身がブリジットに戻るつもりがないと察していたからだろう。

だからブリジットから返事をする場さえも取り去った。一方的に未来を突きつける道を選んだのだ。

それでも、仕方がないと諦《あきら》めて、引き下がるつもりはない。

今、ここで自分の気持ちを主張しなければ、無理やりにでも連れ戻されてしまう。

「いやです。わたくしは納得できませ――」

言いかけたその瞬間だった。

ブリジットの頭の真横から、大きな破裂音が響いた。

「！」

あまりの衝撃に、頭の中が真っ白になる。

ブリジットはその場にくずおれる。全身を震わせながら、どうにか首の向きを変えた。

すぐ傍《そば》に、硝子《ガラス》の破片が飛び散っていた。

デアーグが硝子製の灰皿を投げつけてきたのだと、ぼんやりと理解する。

「………、」

ぽたぽたと、いくつもの血のしずくが絨毯《じゅうたん》に散る。

破片で切ったのだろうか。ブリジットは頬に手を添えたが、どこかが麻痺《まひ》しているのか、痛みは感じられなかった。

「だから、お前の意思など聞いていない！」

建物中が震えるような凄《すさ》まじい激昂《げっこう》だった。

「お前が納得するかどうかなど、関係ない。ただ私の言うことを聞き、従っていればそれでいい！」

殴りつけるような怒声を浴びたブリジットは、動けなかった。

「……パレードの最後、風魔法を使ってお前の婚約者を王都中に知らせる」

話はこれで終わりだと言わんばかりに、デアーグは部屋を出て行こうとする。

「約束、したのに」

その足が、止まった。

「わたくしが、大きくなったら……近くでイフリートの魔法を見せてくれるって、言ったのに」

ほんの一瞬、デアーグの顔に動揺が走る。

それには気がつかないまま、ブリジットは立ち上がる。その拍子に、いくつもの血のしずくが落ちるが、そんなことは気にならなかった。

頭の芯《しん》が、熱く燃えるような——それは、怒りに近い感覚だったのかもしれない。

「婚約なんてしません。この家にも戻らない」

「なんだと?」

翠玉《エメラルド》の瞳に強い意思を漲《みなぎ》らせて、ブリジットは叫ぶ。

「わたくしにとっての家はここじゃない!」

デアーグが目を見張る。

ブリジットの言葉そのものというより、真っ向から睨みつける瞳の強さに驚いているようだった。

「シエンナが居て、カーシンが居て、ネイサンが居て、ハンスが居て……大好きなみんなが一緒に居てくれる。それがわたくしの家です!」

「……お前の家ではない。あれは私が与えただけの物置だ」

「それなら、あなたの居るこの家は暗く澱《よど》んだ牢獄《ろうごく》だわ」

デアーグの表情が怒気を孕《はら》んだ。

肩を突き飛ばされ、ドアにぶつかる。それでも視線は逸らさなかった。

「従わないならフェニックスを置いて出て行けばいい。物置小屋は解体するがな」

「いやです」

間髪容れず首を横に振る。強く拒絶する。

そんなブリジットを、得体の知れない生き物を見るようにデアーグが眺める。

（私、決めたんだもの）

どんなに怖くても、歯を食いしばる。泣き出したいのを我慢する。

ただ、願うのはひとつだけなのだ。

（私を認めてくれる人たちと、私は、一緒に生きていきたい）

——ガシャアアアンッ！　と大きな音が響き渡った。

反射的にブリジットは顔を庇って蹲《うずくま》る。

「何事だ⁉」

デアーグが叫ぶ。ドアの外から怒号や足音がする。

ブリジットはうろうろと顔を上げた。

書斎の窓硝子が一斉に粉砕されている。破片だらけの床に降り立っていたのは、一匹の氷狼だった。

神々しいほど美しい巨大な狼から、ひとりの青年が飛び降りる。

「ごきげんよう、メイデル伯爵」

その声を耳にしたとたん、瞳がにじむ。もう涙は止めようがなかった。

（どうしていつも、あなたは）

見上げる瞳の真ん中に、青い髪の青年が立っている。

愕然《がくぜん》としたデアーグが、怒りのあまり声音を震わせる。

「ユーリ・オーレアリス……？　こんな真似《まね》をして、どういうつもりだ？」

「ああ、お気になさらず。義理の父親に挨拶《あいさつ》をしに来ただけですよ」

まるで誓いの言葉のように、ユーリは言った。

「ブリジットは、僕の婚約者ですから」

第六章　パレードの始まり

ブリジットは、時間が止まったように錯覚した。

それだけの衝撃を受けて身動きができなくなっていた。

（婚約者？　ユーリ様が、私の……）

ユーリの動きは迅速だった。つかつかと歩み寄ってきて、ブリジットを優しく助け起こす。

そこでデアーグも我に返ったのだろう。

「待て！」

摑《つか》みかかるように伸びてきた手を、ブルーが歯を剝き出しにして威嚇する。

「ブルー！」

『はぁい！』

答えたブルーが、二人を背に乗せて素早く窓枠から飛び降りる。

メイデル家の庭に降り立つと、屋敷の中から男たちが追ってきた。先ほどブリジットを連行した、得体の知れない連中だ。

逃亡を見越していたのか、屋敷の周囲には何体もの精霊が配置されている。彼らの契約精霊なのだろう。

「……強行突破してもいいが、ついてこられるとまずいな」

ユーリが危惧しているのは、民間人に危害が及ぶ可能性だった。

デアーグは伯爵家の当主だ。記念すべき建国祭の舞台に、泥を塗るような真似はしないだろうが――それでも、フェニックスを手に入れるために何をしでかすか分からない。

『ますたー！　どうする？』

「とりあえず攻撃を躱《かわ》してくれ。僕が迎撃する」

『りょうかーい！』

飛んできた炎の刃を、ブルーがジャンプして避ける。

それとほぼ同時、ユーリが片方の手を前方に伸ばした。

無詠唱で放たれたのは下級魔法『アクア』、中級魔法の『スプラッシュ』だ。

（つ、強いっ……！）

ブリジットはひたすら圧倒される。

ユーリの魔法を見るのは二度目だが、それぞれ上級魔法かと見紛《みまご》うほどの威力だ。

凄《すさ》まじい勢いで放射された水球と水の奔流が、精霊たちに襲いかかる。

しかし相手も簡単にはやられなかった。土の壁で攻撃をどうにか防いでいる。

それを横目に、ブルーが続けざまに跳躍する。

「ひゃっ」

大きすぎる振動が全身に伝わり、ブリジットは声を上げた。

すかさず庇《かば》うように、ユーリがブリジットを抱く腕に力を込める。……というのも現在、ブリジットはユーリに抱きかかえられるように、後ろからすっぽりと包まれているのだ。

落ち着かない体勢ではあるが、それよりもユーリに確認すべきことがあった。

「ユーリ様、どうやってここを……」

「キーラに聞いた。お前が怪しげな男たちに連れ去られたと。ブラウニーにあとを追わせて、メイデル家の屋敷に入るのを確認したらしい」

だから助けに来てくれたのだ。

経緯は分かったが、訊《き》きたいことはもうひとつある。

ブリジットは拳《こぶし》をぎゅっと握った。

「それでその……こ、こ、こん、婚約者って、どういうことですの？」

「……は？」

ユーリはどこか唖然《あぜん》としていた。

お互いに間の抜けた顔で見つめ合う。

「……十一年前のことを、思い出したんじゃなかったのか」

「わっ、わたくしはただ、契約の儀の日にユーリ様が応接間に居たような気がするなって……」

「………………」

ユーリが、それはそれは深い溜《た》め息《いき》をこぼした。

「あっ、いえっ、もちろん分かっていますわ。あれは、この場を凌《しの》ぐための方便なんですわよね！

わたくしの本当の婚約者を遠ざけるための、嘘《うそ》で……」

「本当の婚約者？」

ユーリの瞳《ひとみ》に剣呑《けんのん》な光が宿る。

「いや、今はいい。それより……大丈夫か」

「え？」

「怪我《けが》をしている」

指摘され、ブリジットは思い出す。

そういえば頬《ほお》を怪我《けが》していたのだ。改めて触れてみると、まだ血は止まっていないらしく指にべったりと血液がつく。

「へっちゃらですわよ、こんなの」

ブリジットはからりと笑ってみせる。

「ユーリ様が来てくれたから、平気」

『ぴー！』

ぴーちゃんが、ブリジットの髪の中からひょっこりと顔を出した。

怖がりな精霊は何度も瞬きしつつ、じぃっとブリジットを見ている。どうやら怪我を治癒してくれるつもりらしいが。

「だめよぴーちゃん。今は出ないで」

『ぴっ⁉』

断られてしまい、「なんで⁉」というように全身をぶるぶるさせるぴーちゃん。

「だってお父様は、ぴーちゃんを狙《ねら》って……」

言いかけた直後、ブリジットは息を呑《の》む。

窓硝子《ガラス》がきれいに割られた窓。そこから、ひとりの男が手を突き出している。

「ユーリ様！」

「……っ」

デアーグの手元で次々と火球が生み出され、こちらを狙って飛んでくる。

ユーリの反応もまた迅速だった。即座にもう一体の精霊を喚ぶ。

「ウンディーネ！」

『はいはぁい、お任せあれ。イフリートが相手なんて、いやになっちゃうけど……』

文句を言いながらも、宙に浮かんだウンディーネは水球を生み出していく。

ほぼ同格の火球と水球がいくつもぶつかり、蒸気をまき散らして頭上で四散する。

そのたび生み出される熱風が、ブリジットの頬を煽《あお》った。それでも頭上を飛び交う攻撃は止《や》まない。

ユーリに庇われながら、ブリジットは何かが引っかかるのを感じていた。

（――イフリート？）

ウンディーネは、その名前を口にしたけれど。

ブルーの胴体にしがみつきながら、よく観察する。

ウンディーネと攻撃の応酬を続けるデアーグ。その額には隠しきれない脂汗が浮かんでいる。

次々と魔法を使ったことで、大量に魔力を消耗しているのだ。

（おかしいわ。どうしてお父様は、イフリートを喚ばないの？）

必死に、脳みそを回転させる。考える。

（私は何か、大切なことを見落としている気がする）

デアーグとロゼの契約精霊はイフリートだ。アーシャにもサラマンダーがついている。

だからこそ、メイデル家の屋敷は炎の気が強い。強すぎると言い換えてもいいくらいだ。

そんな屋敷に、どうして悪妖精《アンシーリーコート》のアルプが簡単に這入《はい》り込めたのか、ずっと気になっていた。

しかもロゼの話によれば、アーシャは十年近くアルプの魔力に囚《とら》われ続けていたことになる。

（それに……）

ブリジットとユーリはともかく、なぜロゼはパレードへの参加を断ったのだろう。

参加すれば、メイデル家にとってこの上ない名誉となった。次期当主の座が約束されているロゼの存在を知らしめるのに最上の機会だったはずだ。

それなのに、ロゼはデアーグに確認も取らず、その場で大司教の誘いを断っていた。いつも通り、遠慮がちな態度だった。だがそれは、最初から答えが決まっていたからだ。

ロゼにとって大司教の提案は、考える余地もなく断るべきものだった――

（――まさか）

ブリジットがひとつの結論に辿《たど》り着くと同時。

王都の端の方角から花火が上がり、風に乗って、大きな拍手や歓声が聞こえてくる。

次いで、空に向かって小さな炎の渦や水流が打ち上げられるのが遠目に見えた。

建国祭を彩《いろど》る行事。

神殿の神官たちが契約精霊を連れて、王都を練り歩くパレード。その始まりだった。

(パレードの時間は、約三十分間……)

パレードの一団は王都の西門より入り、まっすぐに大通りを進んでいく。彼らが王宮外門前に到達すると同時に、四大貴族の当主は契約精霊を召喚する。四つの屋敷の敷地より、一斉に最上級魔法が放たれ――王宮真上の空を彩ってパレードを締め括《くく》るのが、フィーリド王国の伝統行事である。

遠くから聞こえる賑《にぎ》やかな喧噪《けんそう》に、デアーグもちろん気がついたのだろう。苦々しげに、掲げていた手を下ろした。

その頃には、庭を囲むように配置されていた精霊たちの姿は消え去っていた。

精霊を行使していた男たちも、疲弊しきって蹲《うずくま》っている。立っているのも辛《つら》いのだろう。

(魔力切れだわ)

あれほど魔法を派手に打ち合ったのだから、魔力が枯渇するのも当然だ。むしろ、あれだけの人数を相手取りながら、涼しい顔をして最上級精霊二体を従えているユーリが異様なのである。

デアーグは煩《わずら》わしげに目頭を押さえると、室内に視線を戻した。

「パレードの準備だ。さっさと支度《したく》を進めろ」

室外で待機していた執事長に声をかけている。

一礼した彼は、ちらりとブリジットを一瞥《いちべつ》する。

（じぃ……）

「無論、風魔法の使い手も待機させておけ。『風の囁《ささや》き』は予定通り使わせる」

冷たく命じるデアーグの言葉が聞こえた瞬間、ブリジットはブルーの背中から飛び降りていた。

「ブリジット？」

「ユーリ様。わたくし、伯爵に言わないといけないことがあります」

驚いて声を上げるユーリに、そう答える。

するとユーリが、何気なく視線を花壇のほうにずらした。

その視線の先を確かめて――ブリジットは頷《うなず》く。

「いいのか？」

「はい」

そう笑いかけてから、前に踏み出す。

ユーリが後ろで、見ていてくれると分かる。そのおかげで、足は少しも震えなかった。

「デアーグ・メイデル伯爵」

赤の他人のように呼べば、書斎を出て行こうとしていたデアーグが立ち止まる。

だが、振り返ったデアーグにはまったく落ち着きがなかった。

ブリジットが思い通りにならない苛立《いらだ》ちから――ではないだろう。

デアーグの眼球は、こうして相対する間も忙《せわ》しなく動いている。目を凝らして必死に何かを捜しているように見える。

ブリジットは顔にかかる髪を払う。

「焦《あせ》ってらっしゃいますわね。捜しているのはご子息でしょうか？」

「……、何？」

「いえ。イフリート、といったほうが正しいのでしょうか」

デアーグの表情が凍りついた。

「ロゼがお前に話したのか」

ブリジットは肩を竦《すく》める。

「まさか。ですがその反応を見るに、図星のようですわね」

「な──ッ！」

引っかけられたことに思い当たったのだろう。

こめかみに青筋を浮き立たせて、デアーグが怒りのままに口を開こうとした。

「義姉上……さすがです。すべてお気づきだったんですね」

そのタイミングを見計らったように、屋敷から出てきたのはロゼだった。

硝子片の飛び散る窓枠を、デアーグが力任せに叩《たた》く。

「ロゼ！　お前、いったいどこで油を売って──」

しかし、怒鳴りかけたデアーグの口の動きが止まる。

ロゼはひとりではなかったのだ。

アーシャ・メイデル。

ロゼは義理の母親であるアーシャの肩を支えるようにしながら、庭へと進み出てきた。

別荘で最後に見たときよりは、少し顔色がいいだろうか。痩せこけたアーシャは、細い足を頼りなく動かしながら懸命に歩いている。

二人はちょうど、デアーグとブリジットの間で立ち止まった。

「お母様……」

思わず呼べば、顔を上げたアーシャの唇が小さく動く。

「続きを、聞かせてくれる？　ブリジット」

アーシャはデアーグのように、怒りに燃えてはいなかった。辿り着いた答えを静かに促すような声色に、ブリジットは目を見張る。

「……分かりました、お母様」

ブリジットは、再びデアーグを見据える。

「先ほどから伯爵の契約精霊であるイフリートは、一向に姿を見せません。でも、それはおかしい。契約者の危機であれば、大抵の契約精霊は応《こた》えるはずですもの」

ジョセフが以前、神殿から【魔《ま》切《き》りの枝《えだ》】を持ち出したことがある。あれは、強制的に人間と精霊の契約を解除する魔道具だ。

だが先ほど、デアーグは魔法を使っていた。イフリートとの契約自体は切れていないということだ。

ブリジットが何を言うつもりか、察したデアーグの形相が歪《ゆが》んでいく。

「……やめろ」

「おかしいのはイフリートだけではありません。きっと、伯爵夫人の契約精霊であるサラマンダーも」

「黙れ！」

「黙りません！」

考えられるのはひとつだけだ。

「……お二方は、契約精霊に愛想を尽かされたのですね」

ブリジットの言葉を。

アーシャは唇を引き結んで、デアーグは、瞳を見開いて聞いていた。

「契約精霊が居る限り、時間が経《た》てば契約者の魔力は補充されますが……契約者は、精霊界に居る精霊を強制的に召喚することはできない」

オトレイアナ魔法学院では、一年生の春に学ぶ基礎的なこと。

精霊界で暮らす精霊を、無理やり引きずり出すことはできないのだ。彼らから契約者に応える意思がない限りは。

「普段の生活では、誰《だれ》かに看破される危険は少なかったでしょう。でも四大貴族にとって、精霊を伴って行うことが必須とされる行事があります。……そう、一年に一度、建国祭で開かれるパレードです」

「…………」

「四大貴族では最上級精霊か、あるいはそれに次ぐ上級精霊を有する人間にしか襲爵《しゅうしゃく》が認められません。パレードは、国民に四大貴族の存在を知らしめる絶好の機会であり、絶対の義務です」

ブリジットは滑らかに言葉を続ける。

「メイデル伯爵。イフリートに愛想を尽かされたあなたは、それでも〝炎の一族〟の名を守るために、当主の座を守るために、王家や国民を欺くことにした。――ロゼのイフリートを使って」

分かってみれば単純なことだ。

屋敷にアルプが這入り込めた理由はひとつ。イフリートを有しているのが、ロゼだけだったからだ。

学院生活や領主としての勉強のため、ロゼは幼い頃から家を空けることが多かったのだろう。

ロゼがパレードへの参加を断ったのは、その時間、ロゼのイフリートはデアーグのイフリートの振りをして、貸し出されることが決定していたからだ。

十一年の間、ずっとそうしてきたように。

「違いますか？　伯爵」

最後にブリジットはそう問いかけるが、デアーグは何も答えない。

「……ブリジットの言う通りよ」

やがて、長い長い沈黙を破って、呟《つぶや》いたのはアーシャだった。

「お前……ッ！」

デアーグが非難する目を向ける。

自分の妻に向ける瞳ではないそれを、アーシャは怯《おび》えながらも真っ向から受け止めていた。

もう一度、ブリジットに視線を戻す。

「イフリートもサラマンダーも、私たちに心底呆《あき》れ果てていた。身勝手に娘を傷つけた私たちを、契約者として相応《ふさわ》しくないと。この十一年間、彼らは私たちの呼びかけには一度も応えていない。……ねえ、ブリジット」

名前を呼ばれ、ブリジットはアーシャのことを見つめた。

「おかしいと思ったでしょう？　どうしてあなたの左手の火傷《やけど》痕が、いつまでも消えないのか」

今は、そのときの傷痕はない。しかしアーシャの言うように、何度か疑問に思ったことがある。

例えば夏期休暇前、魔石獲りの一件でリサが腕に火傷を負った。ジョセフによって炎魔法を灯《とも》されていた松明《たいまつ》を、自らの腕に当てたためだ。

だが先ほど会ったとき、リサの手の甲には傷痕が残っていなかった。学院側から神官を呼んで治癒させたと聞いたが、これほどきれいに治せるものだったのかと、ブリジットは密かに驚いたのだ。

「……はい。神官の治癒魔法でも、わたくしの傷は治せませんでした」

左手の指先から肩口に至るまで、見るに堪えないほどの有様だったというブリジットの身体。

駆けつけた神官の治癒を経ても手には大きな傷が残り、幼いブリジットを何度も熱で責め立てた。

その理由を、アーシャが苦痛を耐えるような表情で明かす。

「あれは当主様が、イフリートの炎を使ったから」

「……え……？」

「当主様は、暖炉の炎だけじゃなくて……、イフリートの腕を使ってあなたを焼いたの。意図に気がついたイフリートが、精霊界に急いで戻るまでの数秒間。……だからあなたの傷は、何年も残り続けた」

「――、」

思わずよろけるブリジットの身体を、ユーリが支える。

「ブリジット」

ユーリの呼びかけにも、答えられなかった。

ただ、ユーリの腕に縋《すが》りつく。そうでもしなければ、ブリジットは地面に座り込んでいたかもしれない。

（私を焼いたのは、暖炉の炎だけじゃなかった）

デアーグ自身の炎魔法でさえなかった。

あの恐ろしく燃え盛る腕は、イフリートの腕そのものだった。

あのとき、デアーグは――ブリジットを、殺すつもりだったのだ。

（お父様はそれほどまでに、私を）

『本当にコレが俺《おれ》の子どもならば、名無しなんかと契約するわけがない。だから炎に触れさせ、取り替え子《チェンジリング》かどうか確かめようとしただけだ』

その冷徹な言葉さえも、周囲に向けて取り繕われたものだった。

デアーグはブリジットを心底憎悪していたのだ。自らの手で殺そうとするほどに。

その事実は、デアーグとの決別を決めたブリジットの胸をさえ激しく苛《さいな》んだ。

そんなブリジットのことを、アーシャが眉《まゆ》を寄せて見つめている。双眸《そうぼう》から涙が幾筋も伝い落ちているが、それを拭う間も惜しいように口を開く。

「……〝炎の一族〟に嫁いだ女として、多くの優秀な子を産むようにと、先代の当主様から何度も言われていた。でも私は……私が授《さず》かったのはブリジットだけ。ブリジットだけが希望だった。でもあなたは、微精霊と契約してしまった……」

魔力を溜めるための、目には見えない器のようなものが人の身体の中にはあるという。器の大きさは遺伝しやすいとされる。それ故に、炎の一族や水の一族など傑出した一族が名を轟《とどろ》かせてきた。

しかしそれでも、最上級精霊と契約できる人間などほんの一握りだ。

だからこそ、魔法に優れた家では多くの子を産み育てる。契約の儀で名のある精霊と結ばれるためには、最も単純で効率のいい方法だからだ。

筆頭公爵家であるオーレアリス家にも、四人の子息が居る。その内、最上級精霊と契約したのは長男と四男のユーリのみだ。

アーシャが語る言葉には、押しつぶされそうな彼女の本心だけが現れていた。今まできっと、一度も口にするのを許されなかった気持ちだけが。

「全部お前のせいだ、と言われるのが怖かったの。怖くて怖くて、仕方なかった。だから助けてって叫ぶあなたから、私は目を逸《そ》らした。それどころか何も悪くないあなたを責めてしまった。母親なら、あ、あなたを、命がけで守らなくちゃいけなかったのに……っ、ブリジットはずっと、ずっと泣いていたのに……っ！」

泣き崩れるアーシャを、ロゼが支える。

――『会えなくなるからやめて』

アーシャが侍女に告げたという言葉は、炎が苦手なブリジットに会うためのものだった。

しかし別邸に向かうことはデアーグに許されなかった。直談判《じかだんぱん》した結果、屋敷に閉じ込められることになったのかもしれない。

苦しみ続けるアーシャの心は、アルプにつけ込む隙を与えてしまった。

「いい加減にしろ」

アーシャの言葉を掻き消そうとするように、デアーグが声を荒らげる。

「好き勝手に、余計なことばかり口走って……だからお前は」

「メイデル伯爵」

遮《さえぎ》ったのはユーリだった。

デアーグは憎々しげにユーリを見やる。

「なんだ。オーレアリス家の人間が余計な口出しをするな」

「そうですか。それ以上喋《しゃべ》るのは、あまりお勧めしませんが」

「……どういう意味だ？」

「この会話は、王都中に筒抜けになっていますから」

ユーリは、にこりともせず言い放った。

「何を言っている。風魔法は、まだ使わせていないはず……」

「風魔法を使える人間なら、こちらにも居ますので」

ユーリの言葉に応じるように、花壇の間からひょっこりと顔を出したのはニバルとキーラだ。

身を隠す彼らの姿は、先ほどユーリに示されてブリジットにも見えていた。ニバルの背後にエアリアルが控えているのも。

――『風の囁き』。

例えば、水精霊ウンディーネには『水鏡』という固有の能力があるように、風精霊同士は、お互いに音や声を届け、風に乗せて広げるという特技を持っている。

そして現在は、奇《く》しくもパレードの真っ最中である。

神官と契約している精霊たちの中にも大量の風精霊が居る。

エアリアルは彼らに向けて『風の囁き』を使った。今頃《いまごろ》、少なくはない人間にデアーグの過去の行動が明らかになっているはずだ。

「こちらが二人だと思って油断しましたね。メイデル伯爵」

涼しい顔で言ってのけるユーリ。自分がやろうとしていた手段を用いて嵌《は》められたデアーグは、絶句している。

「よく言うぜぇ、ユーリ。こっちは魔力切れで死にそうだっつうのに……」

言葉通り、ニバルは顔色が悪くぐったりしている。

ブリジットは心配になり声をかけた。

「ニバル級長、大丈夫なの？」

「はい、平気ですブリジット嬢！」

すちゃっと立ち上がるニバルを、あきれ顔でキーラが見ている。

「ちなみに級長、本当に今の会話って王都中に届いたんですか？」

「え？　あんまり自信ねぇけど……た、たぶん？」

「たぶん⁉」

怪しいやり取りを交わす二人を尻目《しりめ》に、ユーリの糾弾は続く。

「ロゼの精霊を自身の契約精霊として扱ったことは、伯爵家の威信には関《かか》わるでしょうが罪にはならないでしょう。しかし十一年前……精霊の力を使って、五歳の娘を傷つけた件は別です」

王都には魔法警備隊が常駐している。ジョセフが学院を破壊した際に連行していったのも彼らだ。

精霊や魔法の力で犯罪行為や暴行をした場合、魔法安全法に則《のっと》り彼らによる尋問が実施される。

神殿や学院でも、広く教えられる法律である。

また、オトレイアナ魔法学院をはじめとする教育機関には、生徒・教員に対して一部の権利が貸与されている。エアリアルを暴走させた際にニバルが【魔封《まふう》じの首輪《くびわ》】を着けられたのも、魔法で炎を灯した松明でブリジットを攻撃したリサが停学処分になったのもそのためだ。

閉鎖的な家庭内での体罰を立証するのは困難だ。それも貴族家が相手では、教育の一環か事故とでも言い張られれば、警備隊は強気に出られないのがフィーリド王国の現実である。

だが、それが魔法を使っての暴行であったとデアーグは認めた。それならユーリの言うように、魔法警備隊が調査する余地が生じる。

ブリジットの左手の傷は消えているが、少なからず、デアーグの名には傷がつくことになる。

ぴゅううっ……、と甲高い笛の音が聞こえた。

ブリジットは王宮の方角を見やる。パレードの終わりが近づいている合図だ。

『風の囁き』による動揺はあっただろうが、パレード自体は進行しているらしい。フィーリド王国建国時からの伝統行事なのだから中断できるはずもない。

パレードの最後は、四大貴族の当主が契約精霊を召喚し、空に同時に魔法を打ち上げて締め括られる。


――広く燃え盛る炎と。

――轟と吹き荒ぶ風と。

――強く荒れ狂う水と。

――高く盛り上がる土と。


ほんの数秒間、激突した四つの魔法だけが空を満たす。

その瞬間は着実に迫っている。笛の鳴った六十秒後に、四体の精霊は一斉に魔法を打つのだ。

「ロゼ！　イフリートを――」

「義姉上」

ブリジットの言葉を、ロゼが遮る。

驚いて視線を向ければ、アーシャを支えたままロゼはにっこりと笑っていた。

「おれは、イフリートを出しません」

ブリジットは目を見開く。デアーグも、茫然自失《ぼうぜんじしつ》としてロゼを見ている。

「なぜだ。ロゼ。どうして……」

縋るような目だった。デアーグのそんな弱々しい顔を見るのは、ブリジットにとって初めてのことだった。

それはロゼも同じだったはずだ。しかしロゼは痛みを堪えるような表情で、首を横に振る。

ロゼはただ、ブリジットのことを見つめている。

隠していたすべての事実が晒《さら》されたことへの怒り、諦《あきら》めや失望。伯爵家の一員として為《な》す術なく事件に巻き込まれた悲嘆。

そんなものは少しも、ロゼの顔には浮かんでいなかった。

「だから……どうか王都中に見せてください、義姉上の精霊を」

目を見開くブリジットに、悪戯《いたずら》っぽく笑ってロゼは続ける。

「今まで義姉上を苦しめてきた人たちに、義姉上のすごさを見せつけてください！」

響き渡る声に、普段ならたぶん、そこで迷っていた。フェニックスであるぴーちゃんを目立たせるような真似は避けたいからだ。

でも安穏とした道を選んでは、ロゼの気持ちが報われない。

（リアム神官長はきっと、私の願いを叶《かな》えるために動いてくれる）

契約精霊によって差別される世界を変えたい、と彼は言った。ブリジットも同じ思いだ。

微精霊と契約したのを理由に、人々から嘲笑《あざわら》われた。そんな日々を乗り越えたからこそ、ブリジットはぴーちゃんと出会うことができたのだと、誰かに伝えることができるなら。

深呼吸をする。それから、しかとロゼを見つめた。

「わたくし、お姉さんだものね。弟のお願いは聞かなきゃ」

「義姉上……！」

ロゼがぱぁっと顔を輝かせる。

一度だけ、ブリジットは傍《かたわ》らのユーリを見つめる。すぐに彼は、ブリジットの瞳に宿る恐怖に気がついたのだろう。

「必要か？」

そう言って、なんでもないように手を伸ばしてくれる。

今までずっと、ユーリが支えてくれた。どんなに怖くて仕方なくても、ユーリが手を握ってくれたら、なんでもできる気がした。

だからこそブリジットは、答える。

ロゼはひとりで、勇気を振り絞ってデアーグに反抗した。

その気持ちに、ブリジットも応えなくてはならない。

「今は大丈夫ですわ。でも、ちゃんと隣で見ていてくださいね」

間髪容れず、ユーリが答える。

「ずっと見てる」

その言葉に背中を押された気がした。

「ぴーちゃん！」

『ぴー！』

名前を呼べば、髪の中から黄色い影が飛び出す。

その姿は、木の葉が裏返るように瞬時に変わる。

「ぴーちゃん、空へ！」

赤く燃える羽毛に全身を包まれた、美しき不死鳥。

伝説の中にだけその名を残すフェニックスが、一直線に空を羽ばたいていく。

はらはらと、火の粉が空を舞い散る。まるで砕かれた夕日が降ってくるような光景に、その場に居る誰もが目を奪われる。

そんな中、ブリジットだけは声を張り上げていた。

「ぴーちゃん！」

瞬間、王宮の尖塔《せんとう》を目印にして――三方向から同時に放たれたのは、最大級の魔法だ。

水と風、それに土。

四大貴族のうちの三家の精霊が放った魔法の光が、夕空を覆《おお》い尽くす勢いで伸びていく。

フェニックスが大きく後ろに首を逸らす。その嘴《くちばし》から一気に放たれたのは、火の塊だ。

最上級精霊イフリートの炎の腕に、勝るとも劣らない威力である。

とぐろを巻いたかのような炎が一直線に伸び、三種の魔法と空でぶつかった。

花火よりもずっとまばゆい光が、世界を包む。

「すごい……！」

「さすがです！　ブリジット嬢！」

あまりの凄まじさにロゼが叫び、ニバルが喝采を上げている。

（でもこれは、競争ではない）

見上げながら、ブリジットは思う。

幼い頃、王都の広場からブリジットも母と共に目にしていた。

あのとき、ブリジットは恐怖を覚えた。嵐《あらし》を起こし、海を裂き、大地を割る力……それらが王都を蹂躙《じゅうりん》し、ボロボロに壊してしまうのではないかと思ったからだ。

（家の優劣を決めるためのものでもない）

だがあのときも、ブリジットの予想は覆った。今、目の前に広がる光景と同じように。

精霊同士の魔法は、お互いを傷つけることを望まない。だから全力で放たれた四つの魔法は空の上で溶け合い、光を散らして消えていくのだ。

空に残るのは、わずかな魔法の残滓《ざんし》だけ。

「わぁ……」

キーラが声を上げる。アーシャやデアーグも、惚《ほう》けたように空を見上げている。

赤、青、緑、茶の四色に色づいた光が、地上に舞い散る。

季節外れの雪のように色づいたそれを、ブリジットは手のひらで受け止める。

「きれい……」

寄り添うように落ちてきたのは、赤と青の光の粒だ。

ブリジットは両手の中身を、ユーリにも見えるように差し出した。

「ね、ユーリ様！」

「ああ」

ふいにユーリが顔を近づけてくる。

びっくりして固まっていると、彼の手がブリジットの横髪を掬《すく》った。

「ついてる」

どうやら光の粒が、髪の毛についていたらしい。

ユーリの口元は笑みの形を刻んでいる。ブリジットはもごもごとお礼を言った。

パレードが終わると、ざわめきと――鼓膜を震わすような歓声があちこちから聞こえてくる。

『ぴーっ！』

空から降ってきたのはぴーちゃんだ。

ブリジットは両手を出して、落ちてきたぴーちゃんをキャッチする。

小さなひよこに戻った精霊は手のひらの上を三回ほどバウンドして、なんとか穏便に着地した。

「お帰りなさい。お疲れ様、ぴーちゃん」

『ぴー……！』

力を解放したからか、ぴーちゃんは落ち着きなく全身の羽毛をぶるぶるさせている。

だがそんな穏やかな時間を裂くように、ひび割れた声が響き渡った。

「これで満足か？　ブリジット」

ブリジットは無言のまま、デアーグのほうを向いた。

空を飛ぶフェニックスの姿は、多くの国民に見えていただろう。

当主であるはずのデアーグに、既にイフリートは居ない。『風の囁き』によって伝えられた情報は事実であったと、音声を耳にした人々は理解したはずだ。

「答えろ！　生まれた家を裏切り、親を裏切り、お前はこれで満足なのか？」

「ええ。満足です」

デアーグが絶句する。

「お父様は、わたくしにそう答えてほしいのですか？」

しかし、尋常でない怒りに震えていたデアーグの動きは、その言葉に硬直した。

ブリジットは問いを重ねる。

「どうして十一年前……わたくしを殺さなかったのです？」

それこそ、機会ならいくらでもあった。

別邸に移すまでもない。使用人を遠ざけ、誰の目にもつかない瞬間を狙いブリジットの息の根を止めるくらい、デアーグには造作もなかったはずだ。

それなのに、今もブリジットは生きている。

その事実に今さら、何かを期待しているわけではない。だが、隠された理由があるように思えてならなかったのだ。

デアーグは、しばらく黙ったままでいた。

何度か口が開閉を繰り返す。答えを迷っているというより、答えるべきなのか迷っているように。

ぐしゃぐしゃと、デアーグが自身の髪を掻き乱す。

「…………生きて」

「え？」

「生きてさえいれば、もしかしたら……別の道もあるかもしれない、と」

本当に、小さな声だった。

消え入りそうなそれの意味を、ブリジットが確かめようとしたとき、バタバタと数人分の足音が接近してきた。

庭に踏み込んできたのは、ネイビーブルーの制服を着た一団。

魔法警備隊だ。エアリアルの『風の囁き』は彼らの元にも届いていたのだろう。ニバルがほっとしたように脱力している。

先頭に立っていた壮年の男が、デアーグの前で立ち止まった。

「デアーグ・メイデル伯爵ですね？　調査のため、我々にご同行願えますか」

「…………分かった」

抵抗するかと思われたデアーグだったが、大人しく従う。彼は振り返ることなく、待機していた武骨な馬車へと乗り込んでいった。

「ブリジットお嬢様」

振り返ると、伯爵家に仕える執事長がお辞儀をした。

彼の細い目は、離れていくデアーグの背中を見ている。

「じいは、知っていたの？」

「ただの執事である私に、旦那様のお気持ちを代弁することはできません。ですからこれは、じいの独り言と思って聞いていただけますか？」

頷くと、執事長はゆっくりと語り出した。

「旦那様には、年の離れた兄君がおられました。……その方の契約精霊は、微精霊でした」

初めて聞く話に、ブリジットは息を呑む。

（微精霊……私と、同じ）

「お二人のご両親は、血族の恥だと長男である兄君を罵り、本邸にある地下牢《ろう》に入れていました。兄君と旦那様は、そんな両親に隠れて交流しておられたのです」

「…………」

「しかし、旦那様の五歳の誕生日のことでした。旦那様がイフリートと契約され、一族中が歓喜に沸きました。旦那様もきっと誇らしかったことでしょう。幼い頃から旦那様は聡明で……、自身が伯爵家を継ぐことになれば、兄君を暗い牢獄から解放できるはずだと考えていたようです」

デアーグにとって兄は、大切な家族だったのだ。最上級精霊と契約することで、その人を理不尽な状況から救い出したいと思っていた。

(でも私は、伯父に会ったことがない)

そんな人物が居ると、耳にしたこともない。

胸を、不穏な予感だけが覆い尽くしていく。

「……その方は、どうなったの?」

執事長が首を横に振る。それが答えだった。

「その日の夜……牢の地面に、血文字で遺言が書かれていました。――もっと早く死ねば良かった、と」

声が出なかった。

ただ、悲しかった。胸が痛くて張り裂けそうだった。

(そんなの……やるせないわ)

五歳の誕生日。喜びと誇らしさと、兄を助けるという使命感に満ちていただろうデアーグは、その報をどんな気持ちで聞いたのだろう。

伯父は絶望したのだろうか。自分と違って優秀な弟を恨んだのだろうか。妬ましかっただろうか。それとも、悲しかったのだろうか。そうではない自分が。誰からも必要とされない自分が。

(その苦しさの一端を、私も知っている)

呆れられて、嗤《わら》われて、馬鹿《ばか》にされて。

駄目な人間だとレッテルを貼《は》られて、ただ生きていくだけの日々。

『ぴっぴ！』

深く俯《うつむ》いていたブリジットは、目を見開く。肩に乗ったぴーちゃんが、すりすりと無邪気に頬擦《ほおず》りをしてくる。

その温かさに、毅然《きぜん》と顔を上げたブリジットを見て、執事長が目を細める。

「旦那様は――兄君とお嬢様を、重ねていたのかもしれません。別邸を用意したのは、あの牢にお嬢様を入れないためだったのではないかと思います。……同時に、ご両親の呪縛からも逃れられなかったのでしょう。お嬢様を罵る旦那様の姿は、兄君を責めるご両親のものに似ていました」

――ごくつぶし。むのう。やくたたず。むのう、むのう。

暖炉の中でブリジットの腕を焼きながら、デアーグは何度もそう叫んでいた。

デアーグの親……ブリジットにとっての祖父母はとうに亡くなっている。ブリジットが赤ん坊の頃に二人とも病で身罷《みまか》ったと聞くが、それでもデアーグは解放されなかった。

伯父を苦しめただろう数々の責め苦は、残されたデアーグをも闇《やみ》の中に追いやっていたのか。

(何もかも、許せるわけじゃない)

デアーグに隠された事情があったとして、腕を焼かれたことも、別邸に追いやられ冷遇されたことも事実なのだ。

毎日が苦しかった。そんな過去の自分が、消えてなくなることはない。

「教えてくれてありがとう、じい」

それでも、ブリジットはお礼を伝えた。知らないままでいるよりずっと良かったと、今はそう思えるからだ。

単なる強がりではないと、幼い頃に面倒を見てくれた執事長には伝わったらしい。

「ブリジットお嬢様……本当に、お強くなられましたね」

「そうだといいんだけど」

くすぐったい賛辞に、ブリジットは眉尻《まゆじり》を下げて笑った。

「あなた方もご同行願えますか」

声のするほうを見ると、魔法警備隊に囲まれているのはデアーグが雇った荒くれ者たちだった。魔力を根こそぎ使い果たし、ぐったりとした彼らは次々と馬車に詰め込まれていく。

ロゼとアーシャもまた、抵抗することなく指示に従おうとしている。

「ロゼ、お母様！」

ブリジットは二人に駆け寄った。

デアーグの行いを正すために、彼の言葉を風に乗せて王都中に届けた。

それを間違いとは思わない。だが、そのせいでロゼたちのことも巻き込んでしまった。

どんな沙汰が下るのかはまだ分からないが、ロゼの輝かしい未来に影を落とす結果になるかもしれないのだ。ロゼは父の言いつけに従っていただけなのに。

「ロゼ、わたくしは……」

「おれが、メイデル伯爵家を継ぎます」

ブリジットの言葉を遮り、どこか清々《すがすが》しい表情でロゼは言ってのける。

驚くブリジットに、ロゼは頬をかいて続ける。

「もしかしたらメイデル家は、伯爵家じゃなくなるかもしれませんが……おれはあんまり気になりませんし。それと義父上のことも任せてください。これ以上、義姉上や義母上にひどいことはさせません。絶対に」

警備隊に支えられていたアーシャが目を見張る。その瞳には見る見るうちに涙が盛り上がっていった。

「でも……」

「そんな顔しないで。おれ、義姉上にはいつも笑っていてほしいな」

「……っロゼ」

泣き出しそうになるブリジットに、おずおずとロゼが手を伸ばす。

「義姉上……」

――その手を、ぴしゃりとユーリがはたいた。

「あの……オーレアリス先輩、姉弟の交流を邪魔しないでもらえますか？」

「それが弟の顔か？　下心丸出しだぞ」

「あなたにだけは言われたくない……」

ブツブツと言い合っている二人だが、涙を堪えて洟《はな》をすんすんするブリジットの耳にはほとんど聞こえていない。

諦めたように溜め息を吐いたロゼは、ユーリに向かい合った。

「先輩。おれが戻るまでの短い間ですけど、義姉上のことよろしくお願いしますね」

「お前に頼まれるまでもない」

鼻を鳴らすユーリに、ロゼが晴れ晴れとした顔で笑う。

「なら安心です！」

二人が護送用の馬車に乗り込んでいく。

馬車が角を曲がって見えなくなるまで、ブリジットたちは見送ったのだった。

第七章　ダンスパーティーの夜

その日の夜。

オトレイアナ魔法学院の停車場には続々と馬車が止まり、着飾った男女が次々と姿を見せていた。

今日は学院の大ホールで、建国祭を記念したダンスパーティーが開かれるのだ。

そんな中――ユーリとブリジットが乗った馬車も、ホール会場にちょうど到着したところだった。

先に降りた正装姿のユーリが、手を差し出してくれる。ブリジットはその手を取った。

それでも、しばらくその場から動けずにいた。

「ブリジット？」

「……あっ。すみませんユーリ様。わたくし、ちょっと考え事をしていて」

「家族のことか」

躊躇《ためら》いつつ、こくりとブリジットは頷《うなず》く。

数時間前、デアーグとアーシャ、ロゼは魔法警備隊に連行されていった。

犯罪者としてではなく、調査のためという名目で連れて行かれただけだと分かっていても、その姿が頭から離れず、ぼうっとしてしまっていたのだ。

（いけない。せっかく、ユーリ様とパーティーに参加できるのに）

頭を振って思考を打ち消そうとする。

しかし冷静さを取り戻すと同時、次は緊張感で四肢が震えた。

ジョセフの言いつけで、ブリジットはパーティーの場を避けていた。久しぶりに参加したときには、彼から一方的な婚約破棄を言い渡されたのだ。

嘲笑を浴びながらひとりぼっちで会場を出たときの惨めさは、忘れられるはずもない。

（私と居ることで、ユーリ様に……恥ずかしい思いをさせたくない）

そう思うのに、俯《うつむ》きがちになってしまう。

そんなブリジットの頬《ほお》に、ユーリが軽く指先で触れた。

「っユーリ様？」

「……大事なことを言い忘れていたから」

何を、と聞き返す前にユーリが整った顔を近づけてくる。

固まるブリジットの耳元に落とされたのは、囁《ささや》くような賛辞の言葉だった。

「……きれいだ。よく似合ってる」

「…………ッ！」

ブリジットの顔がぶわりと火照る。

まとっているのは豪奢《ごうしゃ》な純白のドレスだ。幾重にも重なった繊細なレースは、ふわりと優雅に広がっている。

ハーフアップに編み込んだ髪の毛には髪留めをつけている。ユーリがくれたマジックアイテムだ。

それに上品な耳飾りは青色をしている。

エスコート役であるユーリの色だった。この日のために、シエンナが熟考して選んでくれた装いである。

「あ、ありがとうございます……ユーリ様も、かっこいいです」

くすぐったそうにユーリが笑う。

彼のネクタイピンの色も赤色だ。ブリジットの髪の色。

「行こう」

「はい」

差し出された腕に、自身の腕を絡《から》める。その頃には、身体の震えはすっかり消えていた。


シャンデリアの明るい光の下、何組もの着飾った男女の姿があった。

立食形式のテーブルには、色鮮やかな料理が並ぶ。

壁際で優雅な音色を奏でるのは楽団の人々だ。そんな賑《にぎ》やかな会場に入ったとたん、いくつもの視線がブリジットとユーリに刺さった。

というのも当然のことだろう。

ほんの数時間前、父親の醜聞が王都中に知られることとなった。渦中の人物であるブリジットがこの場に姿を現すとは思わなかった生徒も多いはずだ。

（それにしても、本当に見られているわね……）

想像以上の注目を浴びている。

さりげなく広い会場を見回すようにすると、熱に浮かされたような顔をした男子生徒が、やたらとこちらを見つめていて……。

（ん？）

不審に思った直後、それらは慌てたように背《そむ》けられた。

なんとなく隣を見れば、腕を組んだユーリが殺気を迸《ほとばし》らせている。

「ユーリ様、いつも以上にお顔が怖いですわよ」

指摘すると、彼の眉間の皺《しわ》がいくつか消えていく。

「ありがとうございます、わたくしを心配してくださって。でも大丈夫ですわ、これくらい」

「……どういう目で見られているか分かっているのか？」

「それはもちろん。彼らが気になっているのは、メイデル家の失墜の件でしょう？」

ユーリが溜《た》め息《いき》を吐く。

「よく分かった。お前が何も分かっていないのが」

ブリジットははて、と首を傾《かし》げた。

「ブリジット嬢～っ」

ユーリのエスコートで階段を下りていくと、人混みからニバルとキーラが姿を現した。いったん解散していたのだが、彼女たちも無事にパーティーの準備は間に合っていたようだ。

ブリジットを一目見たキーラがきゃあっと歓声を上げる。

「素敵ですぅ、ブリジット様！」

「本当にすげーきれいです、ブリジット嬢！」

きゃあっとニバルも顔を赤くして騒いでいる。息の合っている二人だ。

「ありがとう。二人もすごく似合ってるわ」

ニバルは深緑色のスーツ、キーラは目にも鮮やかな赤いドレス姿である。

その色合いに「あら？」と目をしばたたかせていると、キーラが教えてくれた。

「わたしたち、ブリジット様の髪と瞳《ひとみ》の色に合わせた衣装を着てきたんですー！」

また二人できゃあっと恥ずかしそうに頰に手を当てている。仲良しねぇとしみじみ思うブリジットである。

ひとしきり騒いだあと、キーラが何かを捜すようにきょろきょろする。

「ぴーちゃんはお留守番ですか？」

「ううん。ちゃんとついてきてるわ」

『ぴーっ』

薔薇《ばら》のコサージュがついたパーティーバッグから、ぴーちゃんがひょっこりと顔を出す。ブリジットの頰の傷を治してくれたあと、眠って休んでいたのだ。

『ぴぴぃ……』

手持ちのバッグでも特に大きな物を選んできたのだが、ちょっぴりぴーちゃんは窮屈そうにしている。

というのも……バッグの中に、他の物を入れているからなのだが。

「あっ！　だ、だめですユーリ様！」

ぴーちゃんに熱く見つめられたユーリが何気なく顔を近づけようとしたので、ブリジットはすかさずバッグを後ろ手に隠す。

不審げに眉《まゆ》を寄せられるが、中身を今知られるわけにはいかない。ブリジットはユーリの気を逸《そ》らそうと考えを巡らせた。

「あっ、な、何か食べます？　わたくし持ってきますわ！」

「いい」

作戦が一言で砕け散るが、タイミングはブリジットに味方してくれた。

――ぴん、と張り詰めた弦の音が鳴る。ファースト・ダンスの時間が近づいているのだ。

一瞬、ホール内を静寂が包む。

まぶしいほどにきらめくシャンデリアの下、そこかしこでやり取りが聞こえてきた。

「キーラ。俺《おれ》と、その、踊ってもらえるか？」

気恥ずかしそうにしつつ、ニバルが定型句でキーラを誘う。

「ええ、級長。喜んで」

そう返すキーラの表情が嬉しげに綻んでいる。

「ブリジット？」

その光景に見惚《みほ》れていたブリジットは、はっとした。

うまくユーリの顔を見られないまま、ごにょごにょと言い訳をする。

「わたくし、あのっ、ダンスの経験はぜんぜんでして……」

（本当は、死ぬほど練習してきたけど！）

シエンナに男役を担当してもらい、何度もステップを踏み、ターンの場所を確かめた。それでも人前でのダンスとなると、久々すぎて不安は拭えない。

「ユ、ユーリ様の足を踏んでしまうかもしれなくて、その」

「そんな些末《さまつ》なこと、気にしなくていい」

目の前に跪《ひざまず》いたユーリが、手を伸ばす。

他の誰《だれ》が見ても、笑顔と呼ぶだろうそれを浮かべて、彼は誘いの言葉を口にする。

「僕と踊っていただけますか？」

「……喜んで」

幸せを噛《か》み締《し》めるように、ブリジットは、ユーリの手に自らのそれを重ねた。

楽団が奏でるワルツ。

耳に聞き馴染《なじ》みのあるそれは、シエンナとの練習でも何度も踊った曲――精霊交響曲第三番『ユニコーンの森』だ。

精霊をテーマにした曲のみが綴《つづ》られた交響曲の中でも、特に人気がある一曲。

ユニコーンは獰猛《どうもう》な精霊だが、処女の胸に抱かれると大人しくなるという。その特徴を表すために中心になるのが、ヴァイオリンとティンパニの音色だ。

（えっと、ここで右足を引いて。ここで……）

森に彷徨《さまよ》った乙女の場面から、静かにダンスは始まる。

しかし身体が硬いのに、密着するユーリはすぐに気がついたらしい。

「まだ緊張してるな」

「だって、ユーリ様とだから……」

曲の進行と自身の手足に夢中のブリジットは、自分がなんて答えたかもしっかり認識していない。

沈黙するユーリに気がつかず、頭の中で必死に次の動きを確認する。

（ええっと、次は……）

「ひゃっ」

強引《ごういん》なリード。

ブリジットの片足が一瞬、宙に浮く。喉《のど》のあたりがひやっとする。

だが、転倒することはなかった。ユーリがすぐさまブリジットの腰を抱き寄せたからだ。

見上げれば、ユーリの顔がすぐ間近に迫っている。

海老反りにしなる背中を、彼の腕が事も無げに支えている。

「ユーリ様……！」

「なんだ？」

ブリジットは抗議のつもりで名前を呼ぶ。それなのにユーリは楽しそうだ。

アップテンポ。乙女が荒れ狂うユニコーンと遭遇する。迫力のあるティンパニが打ち鳴らされる。

抱き起こされた直後、ユーリの動きに合わせてくるり、とブリジットは回転する。膨らんだドレスの裾《すそ》がふわっと持ち上がり、夢のように広がっていく。それこそ、ユニコーンに近づく乙女の好奇心と可憐《かれん》さを表現するようなワルツ・ターンだ。

周囲で同じく踊る生徒たちが、感嘆の吐息を吐く。今や会場中の注目を集めていることなど、ブリジットは知る由もない。

気がつけば楽しくなって、笑ってしまっていたからだ。

(こんな風に踊れる日が来るなんて、思わなかった)

ユーリが微笑《ほほえ》みをこぼす。見つめ合うブリジットにしか分からない、小さな微笑。

途中からはもう、他の物は何も目に入らなかった。

ステップの確認はいらない。足元を見る必要だってない。ただ、ユーリのリードに身を任せる。

そんな二人に寄り添うように、緩やかなヴァイオリンの音が響き渡る。

最後は、ユニコーンが乙女の膝《ひざ》の上で眠りにつく。安らかな寝息……。

演奏が終わると、ブリジットはふぅと息を吐いた。

手が離れて最初に生じたのは、名残惜しい、という気持ちだ。もっとユーリと踊っていたかったから。

「ユーリ様。――って、えっ⁉」

ゆっくりと目蓋を開いたところで、ブリジットはぎくりとした。

そこにユーリの姿はなかった。周りには、頬を赤くした男子たちが集まっていたのだ。

「メイデル伯爵令嬢、素敵でした。つ、次はぜひ私と踊っていただけませんか?」

「おい、俺が先だぞ」

「ボクが誘っている。お前は後ろに下がれ」

「先に声をかけたのはこっちだ!」

(な、何事なの?)

ブリジットは目を白黒とさせる。

今まで社交の場でのブリジットの役目は、惨めな壁の花になることだけだった。

あるいは家から出るなとジョセフに言われ、閉じこもっていただけだから、周りの反応の意味がよく分からない。

せっかくのダンスの誘いを断るのは失礼に当たる。この場合、ユーリと二曲目三曲目……と踊るのもいい顔をされない。

戸惑って棒立ちになっていると、離れたところに流されかけていたユーリが鋭く呼んだ。

「ニバル」

「お前に言われなくても! ――ブリジット嬢、次は俺と踊っていただけますか?」

「ええ、もちろんよ級長」

ずずいっと手を差し出してきたニバルに頷きを返せば、「よっしゃ」と拳《こぶし》を握っている。

(ユーリ様はどうするのかしら……?)

公爵令息であり、最上級精霊二体と契約する神童。そう称《たた》えられるユーリの周りにも、着飾った少女たちが集まってきていた。

気になって視線を送っていると。

「キーラ」

「はいっ」

キーラがユーリに駆け寄る。ヒールを履《は》いているのに軽快な動きだ。二人を遠巻きに見ていた生徒たちは残念そうに離れていった。

そうして二曲目を踊り終えたところで、ブリジットは足に少しだけ違和感を覚える。

「ブリジット嬢！　俺……感激ですっ！　今夜のことは一生の思い出にします！」

「わたくしも楽しかったわ、ニバル級長」

「光栄です！」

だばぁっと涙を流すニバルの迫力のおかげか、先ほどのように人は集まってこない。

それをありがたく思いつつ、足元をちらっと確認する。

（い、痛いかも……）

慣れないことをしたからか、ふくらはぎが張っている。運動は得意だが、社交の場でのダンスはそれとはまったく性質が違う。

「ブリジット、足が痛むのか？」

ユーリが近づいてきて、小声で訊《き》いてきた。離れたところでキーラと踊っていたはずなのに、遠目にも分かりやすかったのだろうか。

「は、はい。ちょっとだけ」

控えめにブリジットが肯定すると、ユーリはさらに距離を詰めてきた。

小首を傾げるようにして、顔を寄せてくる。

柔らかい吐息と共に、耳の中に囁きが落とされた。

「抜け出そう」

「……っ」

そんな誘いの言葉に、ブリジットは顔を赤らめて頷いていた。

◇◇◇

会場をこっそりと抜けたブリジットとユーリは、いつもの四阿《あずまや》で夜風に当たっていた。

夜の時間にここを訪れるのは初めてで、それだけでなんだか特別に思える。

初めて訪れた頃、爽《さわ》やかな緑色をしていた蔦《つた》は枯れかけている。冬はすぐそこまで迫っているのだ。

黙ったままのブリジットに、ユーリが静かな声で問うてくる。

「疲れたか?」

「少しだけ。でも……とても楽しかったです」

並んで座っているから、いつになく距離は近かった。

ブリジットの足を気遣って、ここに来るまでユーリは手を引いてくれた。重ねたままの手は、会場の熱気の名残か、お互いにまだ熱い。

「ユーリ様はダンスもお上手ですのね」

「大したことじゃない」

澄ました顔でユーリが応じる。その顔を見て、悪戯《いたずら》心が芽生えた。

ブリジットがオーレアリス家を訪問したとき、ユーリの従者であるクリフォードが言っていた。女性のエスコートに不慣れなユーリは、頑張って練習していたのだと。

さらに近づいて、ブリジットは内緒話をするように口の横に両手を当てて問いかけた。

「もしかして……わたくしと踊るために、今回も練習してくださったんですの？」

「！」

ユーリの口元に、ぎゅっと力が入る。

鋭くブリジットを睨《にら》む視線に、普段のような迫力はない。目元がほんのりと赤いのも、月明かりの下ではよく見えた。

「格好つけたいんだから、いちいち訊くな」

その返事は、答えそのものだった。

「す、……すみません」

「なぜそっちが照れる」

「だ、だって！」

ユーリの放ったたった一言で、全身の温度が急上昇してしまう。どうしようもないくらい、心臓がばくばくと騒いで息が上がっていく。

――でも今夜は、どんなに恥ずかしくても逃げないと決めたのだ。

「ユーリ様。あの、今回の勝負なのですがっ」

意気込んで話題を変えると、ユーリも乗ってくれた。

「そういえば、決着がついていないな」

五度目の勝負は一時中断になっている。スタンプラリーの最中にブリジットが本邸に連行されたからだ。

「ですので、改めて勝負を持ちかけたいのですが」

興味深そうにするユーリに、ブリジットはにやりと笑ってみせた。

「わたくしがユーリ様を驚かせたら、わたくしの勝ち――というのはどうでしょう？」

「それは……判定の基準が曖昧じゃないか？」

勝敗条件にユーリが難色を示す。今まで二人の勝負は、筆記試験や魔石獲りをはじめとしてはっきりと白黒つくものばかりだったからだ。

「ユーリ様は驚いたら、素直に教えてください。驚かなかった場合も、同様に」

敢《あ》えて判定はユーリに任せる、という大胆な手に出る。

ブリジットにとっては不利な条件だ。だが、だからこそ、ブリジットと同じくらい負けず嫌いであるユーリには、逃げるという選択肢はなくなる。

「いいだろう」

ブリジットは密《ひそ》かに拳を握る。まずこれで前提条件はクリアだ。

しかしここからも一瞬たりとも気は抜けない。こほんと咳払《せきばら》いしつつ、ユーリにお願いする。

「では、いいと言うまで目をつぶっていただけますか？」

大人しく指示に従い、腕組みをしたユーリが目を閉じる。その隙に後ろを向いたブリジットは、パーティーバッグの中からそれを取り出した。

バッグの中にぴーちゃんの姿はない。キーラが一時的に預かってくれているのだ。

会場を抜け出す前に頼んだのだが、キーラは快く引き受けてくれた。若干、そのときのぴーちゃんの表情が引きつっていたような気もするが……。

（あ、焦《あせ》らない焦らない！）

取りこぼしそうになりながら、ブリジットはぎゅっとそれを掴《つか》む。

「ま、まだ開いちゃだめですわよっ」

「分かっている。いいと言うまで、なんだろう？」

「その通りですわ！」

ユーリの首に、髪の毛を巻き込んで巻いていく。睫毛《まつげ》の本数さえ数えられそうな距離にどぎまぎしながら、根性で手を動かした。

柔らかな感触が伝わったのか、ユーリは訝《いぶか》しげにしているが、それでも目は閉じたままでいてくれた。

ほんの数十秒で、ブリジットは仕事を終える。

それでも最後まで見栄えはどうだろう、巻き方は苦しくないだろうかと細かなところを気にしつつ、そっと呼びかける。

「どうぞ、目を開けてください」

長い睫毛が震え、ユーリがゆっくりと目を開いていった。

少しだけまぶしそうに、目の前のブリジットを見つめてから……彼が首元に視線を落とす。

「これは……」

そこには、毛糸で編んだマフラーが巻かれている。

青空の下で咲くたんぽぽ。その色合いは、ユーリの瞳を想《おも》ってブリジットが選んだ色だ。

彼のことばかり考えて一生懸命編んだ、建国祭の贈り物。

（この色を選んで良かった）

ブリジットは、もこもこしているユーリを眺めてうんうん頷く。正装姿にはやや不釣り合いかもしれないが……そのマフラーは、ユーリによく似合っていると思ったから。

ユーリはしばらく黙ったままでいた。何度も柔らかなマフラーに確かめるように触れているが、一言も発さない。

（き、気に入らなかったのかしら？）

その反応に少しだけ不安になっていると、マフラーで隠れかけた口元が動いた。

「ブリジットが、編んだのか？」

「ええ。驚きました？」

「……とても」

答える声音からも驚きが伝わってくる。

思いがけず、上々の反応である。上機嫌になったブリジットはにこやかに告げる。

「では、五度目の勝負はわたくしの勝ち――」

ということで。

そう続けようとしたが、最後まで言うことはできなかった。

「――とても、嬉しい」

そのときにはブリジットは、ユーリの腕の中に閉じ込められていたから。

「っ……!?」

突然の抱擁に、ブリジットは声にならない悲鳴を上げる。

息苦しいくらい強く、逞《たくま》しい腕に抱きしめられている。

どうして？　なんで？　と訊きたいのに、ぱくぱくと開閉する口からうまく言葉が出てこない。

混乱するブリジットの後頭部を、ユーリが撫《な》でる。

「本当に、嬉しい。……ありがとう」

「！」

「死ぬまで大切にする」

大袈裟《おおげさ》だと、笑うことはできなかった。噛み締めるように囁くユーリの声には、強い感情が込められていたからだ。

（こんなに喜んでくれるなんて……）

甘え上手の女の子だったら、きっとユーリの背中に腕を回すことができたのだろう。でもブリジットは持ち上げた手を、行き場なく下ろすことしかできなかった。

だから胸がいっぱいになるくらい、ユーリの香りを吸い込む。品のいい香水のにおいに、全身を包み込まれていく。

それはドキドキと安心が同居している、不思議な感覚だった。

このままずっと――こうしていてほしいような、気がしてくる。

（だ……だめよ私っ！）

うっとりと目を閉じそうになる自分を、ブリジットは叱咤《しった》した。

そうだ。今日の目的はもうひとつあるのだ。

ユーリと踊ること。ユーリにマフラーを贈って、とびきり驚いてもらうこと。

そして最後に、いちばん大事なことがある。

「ユ、ユーリ様。あの……お願いが……」

おずおずと伝えると、ユーリが身体を離した。

やや不満げな顔つきに見えるような気もするが、ちゃんと聞いてくれるつもりらしい。

「……その、わたくしの勝ちですので、お願いを言います」

「ああ」

「今からお伝えする言葉を、聞いてほしいのです」

ユーリは拍子抜けしたようだった。

「お前の言うことなら、最後まで聞くと言ったろう」

そんなことを真顔で言ってのけるものだから、ブリジットはまた真っ赤《まか》になってしまった。

「そ、それはもちろん、ありがたいことですけどもっ」

「……まぁ、分かった。とにかく聞こう」

「は、はい。ありがとうございます」

ブリジットは二度、深呼吸を繰り返した。

大丈夫だ。ユーリは呆《あき》れたりしない。準備が整うまで、ちゃんと待っていてくれる。

不器用で分かりにくい彼の優しさを、ブリジットは誰よりも知っている。

「ユーリ様！」

しまった、緊張して声が大きすぎたかもしれない。

こほこほと咳払いして、喉に触れて、どうにか音量を調節する。そんなブリジットのことを、
ユーリは黙って見守っている。

大きく息を吸って、吐く。

まっすぐ見据えると、ユーリの背後には美しい星空が広がっていた。

ほんの数か月前のブリジットには、この世界が闇《やみ》に鎖《とざ》された場所に思えていた。

（今は、そうじゃないと分かったから）

どんなに暗い夜でも、ひとつの月と、数えきれないほどの星が瞬いて、静かに地上を照らしてくれている。

そう教えてくれた人に、どうしても伝えたいことがあった。

精いっぱいの笑顔で届けたい、感謝の気持ちがあったのだ。


「あの日。……あの日、わたくしの手を握っていてくれてありがとう」


目の前に居るユーリこそが、泣き喚くブリジットの右手を、離さずに摑んでいてくれた人だ。

思い返せば図書館でも、ひとりぼっちのブリジットが本に伸ばした指先が、ユーリのそれと重なったのは偶然ではなかったのだろう。

彼は、ブリジットがその優しい手を思い出すより、ずっと前から――。

「ずっと守ってくれてありがとう、ユーリ様」

返事はなかった。ユーリはブリジットを凝視したまま、身動ぎのひとつもしなかった。

……うふふ、とブリジットは笑みを漏《も》らす。

「良かった。最後まで、ちゃんと言えました……」

「……っ！」

耐えかねたように、ユーリが片手で顔を覆った。

歯を食いしばっているのか、荒い呼吸の音だけが断続的に聞こえる。

「ユーリ、様？」

不安に思ったブリジットが呼びかけると、一際《ひときわ》大きくユーリの身体が震えた。

「……ごめん。あのとき、ちゃんと聞こえていたのに」

「あのとき、って」

「声が聞こえていたのに、気がつかない振りをした」

息を呑《の》む。ユーリがいつのことを言っているのか分かったのだ。

ジョセフの策略で物置に閉じ込められたとき、ブリジットはユーリのことが好きだと言った。

何も聞こえなかったとユーリは言った。でもそれは嘘《うそ》だったと、彼は告白している。

「君に、嫌われたかった」

俯いたユーリが、ぐしゃぐしゃと髪をかき回す。セットした髪が崩れるのもお構いなしに、彼は続けた。

「手を、握ることしか。そんなことしかできなかった自分が悔しくて。情けなくて。……婚約者だった君を、守れなかった。弱い自分が……大嫌いだった」

（婚約者……）

開きかけた口をとっさに噤《つぐ》む。

今はユーリの言葉を、一言も漏らさず聞いていたかったのだ。

「ずっと嫌われないといけないと、思っていた。だからわざと冷たい態度を取って、嫌われようと。

でも……知るたびに惹《ひ》かれた。もっと知りたくなった。もっと傍《そば》で君の笑う顔が見たいと、浅ましい願いを抱いてしまった……」

いつしかその声音が濡《ぬ》れているのを、ブリジットは感じ取っていた。

そっと手を伸ばし、俯けていたままの頰に触れる。

ユーリは驚いたようだったが、振り払ったりはしない。

上目遣《うわめづか》いに見上げると、潤んだ瞳と目が合った。

その輝きを、ただ、きれいだと思った。

「ユーリ様。……泣いてるの？」

「幻滅しただろう」

弱々しく、自嘲気味にユーリが笑う。いつも自信に満ち溢《あふ》れたユーリには似合わない表情。

そんな珍しい姿に、ブリジットは顔を綻ばせた。

「いいえ。あなたのことをもっと知りたいのは、わたくしも同じですから」

溢れるきれいな涙を、指のはらで拭う。

ユーリはしばらく、されるがままになっていたが……その片手が、いつしかブリジットの腰に回っていた。

指先にぐっと力が込められる。ブリジットの頰が熱を持った。

「ユ、ユーリ、様？」

ユーリのもう片方の手がブリジットの耳朶を撫でる。激しく脈打つ首に触れる。鼓動のひとつひとつすら、慈しむように。

そのたびに呼吸が乱れて、逃げようと思うのに、抱かれた腰が痺《しび》れてまともに動けない。

否、本当は最初から逃げるつもりなんてないのだと、もう自分でも分かっている。

「ユーリ様、あのっ」

「………」

言葉はなく、ユーリの顔が近づいてくる。

まるで自ら引き寄せてしまったように錯覚したのは、ブリジットの両手が今もユーリの頬を包んでいるからだ。

垂れ下がったマフラーの端が、ブリジットの剝き出しの肩を撫でる。

ぞわりと鳥肌が立つ。息をするのだって苦しい。

そのまま、唇同士が触れ合うかと思われたとき。

「…………だ、だめ」

――ぴた、とユーリの動きが止まる。

拒絶されたことに動揺して、瞳が切なげに揺れている。

「……いやか」

「い、いやではなくてっ」

慌てて否定する。

そう、決していやなわけではない。いやじゃないからこそ、困っているのだ。

「今も、恥ず、恥ずかしくて死にそうなんです」

だから、と震える唇でブリジットは伝える。

「…………まだ、私のこと殺さないで」

このままでは死んでしまうのだと。

身体が火照って、心臓が爆発《ばくはつ》して、自分はだめになってしまうのだと。

そんな切実な訴えが届いたのか、ユーリが溜め息を吐いた。

「……弱った」

本当に困りきったように、彼が言う。どうやら諦《あきら》めてくれたようだと、ブリジットは気を抜いた。

直後、熱を孕《はら》んだ瞳が、まっすぐにブリジットを射抜く。

「君が可愛《かわい》い、ブリジット」

「……っ！」

甘やかな声。視線。指先のぬくい温度。

ユーリが与える刺激のすべてに、くらくらと目眩がする。全身が溶けてしまいそうになる。

狼狽《うろた》えて何も言えずにいるブリジットの耳元に、掠《かす》れた囁きが落とされる。

「誰よりも可愛い」

もう一度、唇が近づいてきた。

ブリジットはもう、ぎゅっと目蓋を閉じることしかできなかった。

第八章 望む言葉

「ブリジット」

テキストを片づけていたブリジットは、その声に動きを止めた。

教室の後ろドアを見やれば、そこに立っているのはユーリである。

教室中がざわつく。しかしブリジットの心臓のほうが、もっと盛大に騒いでいたことだろう。

（きょ、今日も迎えに来てくれたわ）

今まではなんとなく図書館や四阿《あずまや》で会っていたものの、会う約束なんて、数えるほどしかしていなかった。

だが建国祭以降、ユーリはこうして毎日のように迎えに来るようになった。

「行ってらっしゃいませ、ブリジット様」

「うおお、ブリジット嬢～……！」

「い、行ってくるわ！」

キーラとニバルに手を振り、ブリジットはパタパタとユーリに駆け寄る。

「え、えっと、四阿では冷えますし、今日は図書館に行きます？」

「僕にはこれがあるから平気だが」

廊下を歩きながら、ユーリが器用に首にマフラーを巻き始めたので、うっとブリジットは言葉に詰まる。

お店に並んでいた商品や、シエンナがお手本で編んでくれたマフラーに比べると、編み目が荒い。心血を注《そそ》いで作ったものの、目にするたびに気になるようになってきた。

もっとうまく編めていたら、と今さらのように悔しくなってくる。

「ユーリ様、そんな、見せつけるようにしなくても」

そんな思いで伝えるのに、〝氷の刃〟と呼ばれていたはずのその人は、得意げな笑みを浮かべてみせる。

「見せつけているからな」

近頃、ユーリはこんな風に柔らかな表情を見せるようになった。

真っ赤《まか》になったブリジットの顎が外れそうになっていると、廊下をすれ違う女子まで頬《ほお》を染めていた。

――建国祭が終わり、フィーリド王国には冬の季節が到来しつつある。

メイデル伯爵家は、その地位までは失わずに済んだ。しかし精霊魔法を不当に行使したとして、デアーグは当主の座から退くこととなった。

彼は数年間、アーシャと共に王都から離れた領地に移ることになった。執事長をはじめとする数人の使用人は、共に王都を去っていった。

（またいつか……お父様やお母様と、話せる日が来るのかしら）

その日が来たなら、きっと会いに行こうとブリジットは思う。

しばらく取り調べを受けていたロゼは、先週から学院に復学している。

彼は伯爵家の正統な後継者だ。しかし成人を迎えるまで一年あるので、一時的に領地のほとんどは王家預かりとなる。王都にある本邸と別邸については変わらず使用できるため、ブリジットの生活自体にはあまり変化はないのだが。

四阿に到着すると、二人は当然のように、隣り合ってソファに座る。

……否、この時点でブリジットの心臓はものすごくばくばくしているのだが、ユーリが平然としているので顔に出さないよう耐えているのだった。

ぴゅうと木枯らしが吹く。やはり十一の月の下旬ともなると、屋外はかなり冷える。

「で、ではわたくしも」

いそいそとブリジットは手持ちの防寒具を取り出した。

キーラにもらった緑のスヌードをすっぽりと頭から被る。

鞄《かばん》の中にはシエンナにもらった膝掛《ひざか》けも入っている。膝掛けの大きさをとっくに知っているユーリは、それを自分の膝《ひざ》の上にも広げている。

自然と、二人の密着度はますます高まった。

ユーリとわずかに触れ合うブリジットの右肩は、発熱しているかのようだ。

「寒くないか?」

「むしろ熱――ではなく、ちょ、ちょうどいい温度かと」

『ぴー！』

お喋《しゃべ》りが気になったのか、ブリジットの髪の中からぴーちゃんが飛び出してきた。

その可愛《かわい》らしさに、ブリジットの頬が緩む。

というのもぴーちゃんは、頭にキーラから贈られたちっちゃな帽子を着けているのだ。

黄色と赤色の細い毛糸で編まれたニット帽は着け心地がいいようで、最近のぴーちゃんのお気に入りである。頭の上にぽんぽんが着いているのも堪《たま》らない。見るたび拍手を贈りたくなる。

「素敵なプレゼントがもらえて良かったわね、ぴーちゃん」

『ぴーっ』

にこにこしながら話していたら、ユーリがぼそりと呟《つぶや》いた。

「僕は少し寒いな」

「えっ」

慌ててブリジットはユーリを振り返る。

心配そうな面持ちを向ければ――するりと伸びてきたユーリの手に、呆気《あっけ》なく絡《から》め取られていた。

ぎゅうと右手を握られる。重なる手の温度は、ブリジットが驚くほどに熱かった。

とてもではないが、寒いと明かした人の体温ではない。

「…………嘘《うそ》つき」

抗議しても、ユーリはどこ吹く風だ。

と思いきや、その頬はほんのりと赤い。

「冬に感謝しないとな。手を握る口実が増えた」

「～～～っ！」

こんなことをはにかみながら言うユーリに、ブリジットだって何も言えなくなる。

（もう。もうっ！）

膝掛けの上で繋《つな》いだ手に、ぎゅ、ぎゅっ、と力を入れる。

そんな風にしていると、思い出すまでもなくあの日のことを思い起こしてしまう。

――建国祭の夜。

だめと訴えるブリジットの唇に、ユーリは触れなかった。

その代わりというように、彼の薄い唇はブリジットの頬に落とされた。それでも震えるブリジットを、ユーリは甘やかな目で見つめていた。

それは前言を撤回したくなるほどの、優しい眼差《まなざ》しで。

（でも私――ユーリ様に好きって言われてない！）

惹《ひ》かれているとか、傍《そば》に居たいとか、ユーリは通常時では考えられないような爆弾発言の数々を披露していた。

確かに、気持ちは通じ合ったように思う。ただし決定的な一言というのは、未だ聞けていないいまだ。

（わ、私から言っちゃおう、かしら？）

そわそわしているブリジットの隣で、ユーリが呟く。

「卒業試験」

「！」

その一言に、ブリジットは顔を上げる。

オトレイアナ魔法学院の卒業試験。その内容は厳しいもので、毎年多くの脱落者が出るという。

しかし試験内容自体は明かされていない。というのも年ごとに内容が異なるからだ。

試験に合格できなかった場合は、冬期休暇明けに行われる再試験に合格すれば、問題なく卒業資格を得ることとなるのだが。

「当然、ですわよね」

「ああ、もちろん」

顔を見合わせ、口角をつり上げる。

言わずもがな、ブリジットもユーリも、大人しく再試験を受ける予定などないのだ。

薄い唇を開いて、ユーリが告げる。

「最後の勝負をしよう、ブリジット。もしも、僕が勝ったら――」

書き下ろし番外編

青い宝物

最初は、ただの気まぐれだった。

群れの縄張りを散歩していたとき、砕けた水晶の欠片《かけら》を見つけた。覗《のぞ》き込んでみると、見慣れた凍りついた大地ではない別の何かが、逆さまになってそこに映し出されていた。

これはなんだろう。

得体の知れない水晶を蹴《け》って威嚇していると、仲間のフェンリルが教えてくれた。

——人間界では毎日のように、契約の儀というものが行われているらしい。

生まれて五年経《た》った子どもは、同じような魔力でできた水晶の前に立ち、自分と契約してくれる精霊を待つのだという。

そんな話を聞いても、特に興味は湧《わ》かなかった。しかし水晶の欠片は美しいので、咥《くわ》えて寝床に持って帰ることにした。

毎晩のように、フェンリルはそれを眺めた。たまに水晶には、人の子の姿が映ることがあった。

精霊にも人の姿を取る種族は多いので、物珍しさはないけれど、緊張で肩が強張《こわば》っていたり、泣きそうだったり、にやにやとふざけた笑みを浮かべているのもいたりと、一方的に観察するのはけっこう面白くて、いい暇つぶしになった。

何人も、何十人も、あるいは何百人もの子どもの顔を、フェンリルはそこに見た。

そのうちの何人が、無事精霊と契約できたのかは分からない。しばらく経つと、子どもたちは幻のように姿を消してしまい、二度と同じ顔が水晶に映ることはなかったからだ。

彼らが暮らす世界は、どんなところなのだろう。

人間と一緒に居る精霊は、どんな気持ちなのだろう。

気まぐれは少しずつ好奇心となり、強い興味へと変わっていった。いつからかフェンリルは、暇があればかじりつくように水晶を見つめるようになった。

そんなある日、見つけた。

一目見て、こいつ、いいなと思った。そんな子どもが居たのだ。

何がいいかというと、外見。フェンリルが惹《ひ》かれたのは、その少年の目が覚めるような青い髪である。

フェンリルが暮らす凍土では、たまに吹雪が止《や》んだときだけ澄み渡った青い空が見える。その髪色は、フェンリルがときどき見上げる青空を思わせた。きれいな色だ、と率直に思った。

あどけない、気弱そうな表情だけは気に食わないが、魔力のほうも申し分ない。今まで見てきた子どもたち全員を圧倒するほどの魔力が、その子どもから感じられた。

興奮して、ふさふさの尻尾《しっぽ》がぶんぶん揺れる。

こいつとなら、契約したい。してみたい。その気になったフェンリルは、すぐさま仲間に話しに行った。

一部のフェンリルは反対した。人間など短命で、脆弱《ぜいじゃく》な身体をしていて、すぐに死んでいく生物だ。そんな種族に力を貸す必要はない、と彼らは言い張った。

しかし、中には賛成するフェンリルもいた。以前、人間と契約したことがあるというフェンリルたちだ。

彼らの思い出話を聞かなかったのを今さらになって悔やんだが、今はそんなことを後悔している場合ではない。精霊界と人間界では時間の流れが違うが、流暢《りゅうちょう》に話している間に、あの少年は別の精霊と契約してしまうかもしれないのだ。

彼らは意気込むフェンリルに、必要最低限のことを教えてくれた。

たとえ人間と契約しても、ずっと人間界に留《とど》まるわけではない。というのも顕現する間はフェンリル自身ではなく、契約者の魔力が使われるからだ。

契約精霊は基本的には、人間に喚ばれたときだけ気ままに応じて、それ以外は精霊界でいつもと変わらない生活を送るらしい。水晶を覗き込めば契約者の様子は確認できるし、水晶を通して話しかけることもできるそうだ。

あるフェンリルは、ふらりと人間界に向かったら、契約者の魔力が枯渇して殺しかけてしまったのだと言う。

意外と制約が多くてつまらなそうだと思ったが、それはあの少年を諦《あきら》める理由にはなりえなかった。

彼らに教えられた通り、フェンリルは再び水晶の前に行くと、額をぐりぐりと擦《こす》りつけて一鳴きした。

――ボクはおまえを選んだ。

――だからおまえも、ボクを選べ。

そう念じれば、水晶はにわかに輝き出す。

水晶を中心に人間界に通ずる穴が開けば、フェンリルは後先考えず、その中へと飛び込んでいた。

◇◇◇

『ますたー！』

呼びかけながら人間界へと飛び降りたフェンリル――ブルーは、暗い部屋を見回した。

あれれ、と首を傾《かし》げる。たまにこんな風に、ユーリの居場所と座標がずれることがある。彼の現在地を狙《ねら》って着地したつもりが、ユーリの寝室に到着してしまったようだ。

開いたままの窓から涼しげな風が入ってくる。

窓の外は朝の色だ。鼻先で確かめれば、ベッドのシーツには温《ぬく》もりが残っている。部屋の主《あるじ》が出て行ってから、そんなに時間は経っていないようだ。

追いかけようかと思うが、ま、いいかと気を取り直す。

ブルーは少年の姿を取ると、ベッドに転がり込んだ。

「むふふ！」

お尻《しり》でぽんぽん、と何度か跳ねる。ユーリの使う寝床は格別の柔らかさだ。たまに這入《はい》り込もうとすると、暑苦しいし毛が落ちるといやがられる。人の姿なら、たまにしか怒られない。

ユーリの魔力量は潤沢だったが、当初はブルーを喚《よ》ぶたびに蒼白《そうはく》な顔色になり、目を回して倒れることもあった。仲間が言っていた通り、人というのは本当にか弱い生き物だった。

しかしユーリの魔力は、時間が経つごとに増えていった。生まれながらの才能もあったのだろうが、幼い頃から、身体をいじめ抜くような魔法の鍛錬を繰り返した結果である。

今ではブルーは、好き勝手に人間界に出て行けるようになった。仲間たちはよくユーリのことを称賛している。その言葉を聞くたび、ブルーは自分自身が褒められたように誇らしい心地になった。

そうだろ。ボクのますたーはすごいんだぞ。

『あら、フェンリル』

窓の外からするりと入ってきたのはウンディーネだ。

水精霊ウンディーネ。人の女の姿をした、魔性の美貌を持つ精霊にして、フェンリルと同じくユーリの契約精霊である。

せっかく選んだ契約者が自分だけのものにならなかったことに、当時のブルーはがっかりした。というのも大量の水精霊や氷精霊が、ユーリと契約しようと奮起したらしいが、彼らはウンディーネとフェンリルの気配に怖じ気づき、契約を諦めていったのだ。

ウンディーネも追い払えれば良かったのだが、そううまくはいかない。もしかしたら向こうも、同じようなことを考えていたかもしれない。

『――じゃなくて、今はブルーだったかしら』

「どっちでもいいよ」

ごろんとベッドに仰向《あおむ》けに転がって、ブルーは答える。

ブルーというのは、ブリジットが勝手に名づけた名前だ。たぶん、髪と目が青いからブルー。なんて安直なのだろう、と思う。そんな理由で名が決まるならば、オーレアリス家の人間は全員がブルーと同じ名前になってしまう。

そう、ブルーはまったく知らなかったが、ユーリの家系は水の一族と呼ばれていて、水や氷の精霊にとって有名な一族なのだそうだ。知っていて契約したのかと思った、と当時は仲間にも呆《あき》れられたものだった。

でもユーリ以外の青髪を目にしても、ブルーの心が躍ることは一度もなかった。今すぐ契約したい、と沸き立つような衝動を覚えた人間は、後にも先にもユーリだけだ。

これからも、たぶんそれは変わらない。

契約者が命を落とせば、ブルーは別の人間と契約できるようになるが、いずれ来る別れのことなんて考えたくない程度には、ブルーは今の主を気に入っているのだから。

「ね。うんでぃーねは、名前いらないのか?」

むくりと身体を起こして問いかければ、ウンディーネは顎に指先を当てる。

『んー、ほしいと思ったことはないわねぇ。試しに浅瀬さんに、つけてみてって言ってみようかしら?』

ウンディーネがそう呼ぶのは、ユーリの従者である青年だ。

「うんでぃーね、くりふぉーどのこと好きだよな」

『うふふ、ちょっと気に入ってるの。いちいち反応が可愛《かわい》いじゃない？　どんなにからかっても、いつも気丈に自分のペースを保とうとするトコロ、健気《けなげ》でゾクゾクしちゃう』

ふーん、とよく分からないブルーは小首を傾げる。ウンディーネの言い回しは難しい。

「そんなに好きなら、あいつと契約すれば良かったのに」

どうせなら、ユーリの契約精霊は自分だけが良かった。あの優秀な人間を独占し、自分だけのものだと吹聴《ふいちょう》したかった。未《いま》だに、そんな気持ちが心の片隅にあったりする。

それまで楽しそうに宙に浮いていたウンディーネが、動きを止める。

浮かべる微笑《ほほえ》みは、先ほどまでとは少し性質が違う。

『それは、無理ね』

「どうして？」

『ワタシの全部を注《つ》ぎ込《こ》んだりしたら、あの子、壊れちゃうわ。そうしたらもう遊べなくなっちゃう。そんなのつまらないでしょう？』

くすくす、と心底楽しそうにウンディーネは笑う。

確かに、クリフォードに最上級精霊との契約に耐えうるだけの器はないだろう。クリフォードだけではなく、ほとんどの人間に不可能なことだ。

『ワタシのマスターは、マスターだけ、ね。それはフェンリルも同じでしょう？』

「あたりまえだ」

ふんっ、とブルーは鼻を鳴らす。

寝室には姿見が置いてある。ベッドを下りたブルーは、その前に立ってみた。

目の前に、青い髪の少年が立っている。あの日、水晶を通して眺めたときより少しだけ成長した少年が。

「ボク、ちっちゃいますたーに似てるだろ」

お尻のあたりを念入りに確認するのは、尻尾が出ていないか見るためだ。

以前、もふもふの大きな尻尾が出ている、とブリジットに指摘されたことがある。あれは引っかけだったらしいが、それからは完璧《かんぺき》な変化ができているか、たまにチェックするようになった。

『ええ、まるで写し絵のようだわ』

瞳《ひとみ》の色まで真似《まね》ることはできなかったが、今のブルーはユーリに瓜二つだ。

仲間のフェンリルたちが知ったなら、さぞ驚くことだろう。自分に変化の能力があるなんて、ブルー自身も知らなかった。

ユーリに出会わなければ、ずっと知ることはなかったのだろう。

「ちっちゃいますたーって、ぜんぜん笑わなかっただろ？」

『……そうね』

「でも同じ顔のボクが笑ってたらさぁ、笑い方、ちょっとは思い出すかもしれないって、そう思ったんだよね」

だから、ユーリの姿形を真似た。

こんなに小さな身体で、自分には笑うことすら許されないというように厳しい訓練を続けて、ボロボロに傷ついた姿が――あんまりにも不器用で、ばからしくて、愛《いと》おしかったから。

そんな彼の代わりに、ブルーは笑う。

笑って、怒って、泣いて、お腹《なか》いっぱいおいしいものを食べて、庭を駆け回って、ベッドで好き勝手に跳ねて遊んだりする。

当たり前の、どこにでも居る人間の子どもみたいに。

『それでフェンリルは、〝赤い妖精《ようせい》〟さんによく嚙《か》みついちゃうのね』

「……ボク、ブリを嚙んだりはしてないぞ」

『あら、そうだった？』

ブルーは頰《ほお》を膨らませる。人間は脆《もろ》い生き物だから、鋭い牙《きば》や太い爪《つめ》を向けたりはしない。これでも丁重に扱ってやっているのだ。

けれど、実は嚙みたくなることはある。ユーリはブリジットと居ると、少しずつ笑ったり怒ったりするようになったから。

――それは、本当は、ブルーが叶《かな》えたい夢だった。

だからブリジットを見るとちょっと苛立《いらだ》つ。羨《うらや》ましくて、うざったくて、でもそれだけではなかったりもする。

主人でもない人間から与えられた名前《もの》を撥《は》ねつけなかったのは、それが理由だ。

「うんでぃーね」

『何かしら』

「やっぱりさ。……ボクのこと、ブルーって呼んでよ」

ウンディーネが軽《かろ》やかな笑みをこぼす。

『分かったわ、ブルー』

「うん！」

笑顔で頷《うなず》いて、ブルーは部屋を飛び出す。

窓の外に馬車が待っていた。ユーリがどこかに行ってしまう前に、彼に追いつくのだ。

あとがき

お久しぶりです、榛名丼《はるなどん》です。

この度は『悪役令嬢《あくやくれいじょう》と悪役令息《あくやくれいそく》が、出逢《であ》って恋《こい》に落《お》ちたなら3』をお手に取っていただき、誠にありがとうございます。

第三巻です。三巻です！　あの引きから本当に本当に、お待たせしました。続きを出すのが難しい旨の連絡を受けてから、作者自身かなり落ち込んでいました。ですがそれからお手に取ってくださった方がたくさんいらっしゃったこと、応援のお手紙、SNS上でのおすすめの声などなど、読者の皆様の後押しのおかげで三巻の刊行が決まりました。

ご連絡を受けたときは、もう飛び上がって喜んでしまいました。

さっそく準備に取り掛かろうとUSBを開いたら、既に三巻用のフォルダがありました。日付を確かめたところ、なんと昨年の三月には用意していたようです。気が早すぎる（笑）

空っぽだったフォルダに、今ではデータがいっぱい増えました。幸せな気持ちをひしひしと噛《か》み締《し》めながら、全力で臨《のぞ》んだ三巻です。

大事なお知らせもさせてください。
この小説三巻と一緒の日に、コミック二巻が発売しております！　衝突《しょうとつ》を繰り返しながら近づいていく
漫画版の作画は迂回《うかい》チル先生がご担当くださっています。衝突を繰り返しながら近づいていくブブリジットとユーリがちょっと懐かしくて、可愛くて、たくさんのときめきをいただいております。
小説とは異なるオリジナル展開もあり、そのたび迂回先生の豊かな発想力と表現力に驚かされています。魅力満載《みりょくまんさい》のアクアクコミック、ぜひ併《あわ》せてお楽しみくださいね。

最後に謝辞になります。

二巻刊行前のタイミングで、アクアクは担当編集さんが変わりました。

続刊決定に当たっては、新担当のＮ様がご尽力くださいました。ありがとうございます、今後とも何卒よろしくお願いいたします！

イラストレーターのさらちよみ先生。完成したカバーイラストを拝見したとき、美しすぎて呼吸が止まりました。さらち先生のイラストあってのアクアクです。本当にありがとうございます。

そしてこの本を手に取ってくださったあなたに、心からの感謝を申し上げます。

今日作った四巻用のフォルダが、また開けますように。

引き続きアクアクシリーズを、応援いただけたら幸いです。

GAノベル

悪役令嬢と悪役令息が、
出逢って恋に落ちたなら 3
〜名無しの精霊と契約して追い出された令嬢は、
今日も令息と競い合っているようです〜

2023年8月31日　初版第一刷発行
2024年1月26日　第二刷発行

著者　榛名丼

発行者　小川 淳

発行所　SBクリエイティブ株式会社
〒105-0001　東京都港区虎ノ門2-2-1

装丁　AFTERGLOW

印刷・製本　中央精版印刷株式会社

ISBN978-4-8156-2140-7
Printed in Japan

ファンレター、作品のご感想をお待ちしております。

〒105-0001　東京都港区虎ノ門2-2-1
SBクリエイティブ株式会社
GA文庫編集部 気付

「榛名丼先生」係
「さらちよみ先生」係

本書に関するご意見・ご感想は
下のQRコードよりお寄せください。
※アクセスの際に発生する通信費等はご負担ください。

https://ga.sbcr.jp/